蚩尤九黎城旅游丛书（一）

黄庭坚

宋·黄庭坚 著

黄君 主编

黔州诗文集

山东人民出版社·济南

国家一级出版社 全国百佳图书出版单位

图书在版编目（CIP）数据

黄庭坚黔州诗文集/（宋）黄庭坚著；黄君主编. --
济南：山东人民出版社，2019.8
ISBN 978-7-209-12218-4

Ⅰ. ①黄… Ⅱ. ①黄… ②黄… Ⅲ. ①古典诗歌—诗
集—中国—北宋 ②古典散文—散文集—中国—北宋
Ⅳ. ①I214.412

中国版本图书馆 CIP 数据核字（2019）第 169163 号

黄庭坚黔州诗文集

HUANGTINGJIAN QIANZHOU SHIWENJI

黄庭坚 著 黄君 主编

主管单位 山东出版传媒股份有限公司
出版发行 山东人民出版社
出 版 人 胡长青
社 址 济南市英雄山路 165 号
邮 编 250002
电 话 总编室（0531）82098914
市场部（0531）82098027
网 址 http://www.sd-book.com.cn
印 装 山东华立印务有限公司
经 销 新华书店

规 格 16 开（170mm×240mm）
印 张 18.5
字 数 130 千字
版 次 2019 年 8 月第 1 版
印 次 2019 年 8 月第 1 次
ISBN 978-7-209-12218-4
定 价 48.00 元

如有印装质量问题，请与出版社总编室联系调换。

山谷先生黄庭坚(1045—1105)像

蚩尤九黎城旅游丛书（一）：《黄庭坚黔州诗文集》编委会

序

◎黄君

北宋大诗人、大书法家、大孝子黄庭坚（1045—1105），是中国文化史上的一颗巨星。黄庭坚于绍圣二年（1095）四月二十三日至绍圣五年（1098）三月，在重庆彭水（当时为黔州治所在地）生活了整整三年。

在彭水期间，黄庭坚已是闻名天下的大文豪，已步入思想成熟、艺术精湛的人生晚年成熟时期。在黔州期间，他与本地官员、文士、僧侣及普通百姓友好相处，传播文化，设席讲学，教育青少年，从事诗文书法创作，留下了许多重要的历史文献，其中包括闻名天下的书法名迹《砥柱铭卷》《廉颇蔺相如列传卷》等书法作品和400多首（篇）诗词散文。这些已为全国人民所关注的文献，是重庆彭水珍贵的文化瑰宝，是彭水灿烂历史的重要篇章，编辑出版此书对宣传彭水历史文化具有重要意义，尤其对发展文化旅游产业，具有深远而持久的意义。

本人从事黄庭坚研究几十年，并著有《千年书史第一家：黄庭坚书法评传》《山谷书法钩沉录》和主编五卷本《黄庭坚书法全集》等著作。此次应彭水之约，编辑此书，这是弘扬中华优秀传统文化，助力彭水发展的一件大好事。特整理此文，置于书前，以便读者比较具体地了解情况，为阅读理解黄庭坚诗文作品提供帮助。

一、黄庭坚在黔州（彭水）的主要经历和文化活动

绍圣二年（1095）正月，黄庭坚因受元祐新旧党祸牵连，由七品京官，降职为九品地方闲官，以"涪州别驾、黔州安置"的身份，从陈留（今河南省开封市陈留镇）出发来黔州（彭水），长兄元明黄大临专程相送，并临时在陈留找了一个带路的人王慧先。他从江陵（今荆州市）乘船进入长江。沿长江而上，

"上夔峡，过一百八盘，涉四十八渡"（《书萍乡县厅壁》），行程四个多月，于四月二十三日到达黔州。

黔州、涪陵当时还是边远荒蛮之地。巴蜀交通不便，李白故有"难于上青天"之叹。三峡之险，世所共知。山谷经过三峡时，于西陵峡口"三游洞"留题名记，可惜原摩崖刻字已风化不存，今所见早期拓片也只能勉强辨识"黄大临、弟庭坚，同来……"等字。不过他后来在《书自书楞严经后》中提到此事："绍圣初得罪窜弃黔中，度巫峡、鬼门关，或题关头曰：'自此以往，更不理会在生日月。'某顾伯氏元明而笑，元明盖怃如也。"由此可见先生当时心情。先生另有《黔南道中行记》和《竹枝词》《减字木兰花》等作品传世，如其《竹枝词》二首云：

撑崖挂谷蝮蛇愁，入箐攀天猿掉头。
鬼门关外莫言远，五十三驿是皇州。

浮云一百八盘萦，落日四十八渡明。
鬼门关外莫言远，四海一家皆弟兄。

又其《减字木兰花·登巫山县楼作》云：

　　襄王梦里，草绿烟深何处是。宋玉台头，暮雨朝云几许愁。　　飞花漫漫，不管羁人肠欲断。春水茫茫，要渡南陵更断肠。

从这些作品中，我们感受得出山谷的旷达之怀。

过巫山后，山谷兄弟改从陆路往贬所。经施州（今湖北恩施）时，老友张恂（字仲谋）适为太守，远道二十里遣骑相迎，二人诗歌酬唱，盘桓数日乃去。

山谷来到黔州，一切都靠自给，没有住处，他只好住进寺庙。黔州有开元寺，在摩围峰下，他入住后名其居为"摩围阁"。先生一介书生，拙于营生，此番被贬，俸禄几至断绝，故刚到贬地时生活面临困难。时任泸州安抚使的王献可（字补之），泽州人，首先对山谷伸出援助之手。他在山谷到黔州不久即遣专人致信通好，得知山谷有生活困难，馈以钱物，热情相助。山谷在给王献可的信中谈道："今者不肖得罪简牍，弃绝明时，万死投荒，一身吊影，不复齿于士大夫矣。
……忽蒙赐教，礼盛而使勤，词恭而意笃，所以奉王
公大人者，投之御魑魅苟活人之前，始惧而不敢当，
读之赧然。"（《答王补之书》）又在另一封信中说道：
"谪官寒冷，人皆掉臂而不顾，乃蒙遣使赐书存问，勤
勤恳恳，恩意千万，感激无以为喻。俸余为赐甚惠厚，
颇助衣食之源。但愧拙于谋生，一失官财，以口腹累
人，愧不可言。"（《答泸州安抚王补之》）

　　山谷先生生长于江南世代书香的大家族，他们兄
弟情谊十分笃厚，兄弟五人一直同庖生活，相依为命。
他被贬之后，百般无奈，举家暂时寄居芜湖。所以此
番来到他乡，最让山谷不能放心的不是他自己的安危，
而是兄弟四十余口的生活。先生在到黔州后所上《谢
黔州安置表》中不无忧怨地写道："重念臣万里戴天，
一身吊影。兄弟濒于寒饿，儿女未知存亡。不敢每怀，
惟深自咎。"长兄元明一直是兄弟大家族的守护者，此
番山谷遭贬，唯恐其身心累困，生活不济，故万里相
送到黔州。他为山谷安排生活，"淹留数月不忍别。士

大夫共慰勉之，乃肯行。掩泪握手，为万里无相见期之别"（《书萍乡县厅壁》）。元明亦善诗，能抚琴，山谷称其"吾家诗翁"。此次兄弟惜别，元明特以"觞"字为韵作诗一首赠山谷，惜此诗今已不存，但存山谷《和答元明黔南赠别》：

> 万里相看忘逆旅，三声清泪落离觞。
>
> 朝云往日攀天梦，夜雨何时对榻凉。
>
> 急雪鹡鸰相并影，惊风鸿雁不成行。
>
> 归舟天际常回首，从此频书慰断肠。

山谷此诗因饱含深情，故写得意象瑰玮而笔调沉雄，反复读之，不觉催人泪下。中华民族素重孝悌，但兄弟情感至如元明与山谷者，实属罕见，此"觞"韵诗是这一对模范兄弟深情厚谊的见证。下文还将谈到，此后他俩多次赋此同韵诗，以寄托感怀。

送走了哥哥元明，山谷开始了"一身吊影"、举目无亲的生活。他独处摩围阁中，杜门谢客，唯读书看经，聊以度日。先生为人从不苟且，即使孑然一身，也是如此。又先生取斋室名"卧云轩"，以示不问世事、自守清寂之志。《与太虚》书云：

> 屏弃不毛之乡以御魑魅，耳目昏塞，旧学废忘，直是黔中一老农耳。……古之人不得躬行于高明之势，则心亨于寂寞之宅；功名之途不能使万夫举首，则言行之实必能与日月争光。卧云轩中主人，盖以此傲睨一世耶！先达有言"老去自怜心尚在"者，若庭坚则枯木寒灰，心亦不在矣。

值得一提的是，山谷虽以负罪之身遭贬黔州，但黔州地方官员对他却不以罪臣相待。宋人魏了翁曾记载："前辈谪居，类为州县长史所不礼，甚者恫疑虚喝，或又从而加害焉。太史居黔中，守贰曹伯达、张茂宗既善遇之，虽一掾曹亦致蔬笋之馈，风味良不浅矣。"（《鹤山集》卷六十一）山谷先生文集中也屡次提到黔人对他的礼遇和尊重，如《与大主簿三十三书》

云："太守曹供备谱，济阳之侄；通判张㳬，张景俭孙，公休之妻弟；皆贤雅，相顾如骨肉。"《与张叔和书》云："庭坚至黔南将一月矣，曹守张倅相待如骨肉。"又《与杨明叔书》云："守倅皆京洛人，好学尚文，不易得也。"

也许和这些因素不无关系，山谷到黔州后不久，便有了长期居住、终老黔州的打算。《与秦世章文思》信中写道："某黔中尚未有生计，方从向圣与乞得开元寺上园地，高下两段，既募两户蔬圃矣。年岁间亦须置二三百房钱，贵悠久不陷没耳。每烦开谕千万，极荷恩勤，然平生未尝作市井商贩事，又未至寒饥，遂且过岁月尔。富人设见助，亦不欲受之，古人所谓'予惟不食嗟来之食，以至于斯'，伏想深见察也。"绍圣三年（1096）五月，二弟知命携一妾一子，还有先生继室石氏及儿子黄相来聚。此前数月，先生即已张罗买田、构屋等事宜。《与秦世章文思》中云：

徐欲傍山作小庵，并数间寮舍，亦欲置数亩田以为饭，又欲以二三百千记一人家，月供数条，便可足三四人尔。徐徐更作书，烦执事为区处也。有蜀人师范上座，是大沩侍者，欲得渠入蜀来，且黔州同住庵数年。闻范在城中开碑未了，告令人寻逐投此书，亦望渠一报也。即将亲随一人耳。秋凉后，谋般取儿子及一乳母来，亦止四五口尔。不烦大第宅，但欲作草庵，前为三间堂，绕庵作五六间寮舍，贮茶药及儿子房耳。子才十二岁，生事不须多便有余，但不能作市井事尔。有数亩田，则免烦在仕者供馈。有人供三五千，则免烦内地亲旧割俸尔。公试为筹之。

这是先生规划黔中生活的一封重要信件。收信人秦世章，字子明，时为左藏库副使（负责国家财物保管的武官），黔州本地人。"喜攻伐，其自许不肯出许国珍下，不可谓黔中无奇士也。"从此信中看，山谷欲买田置业，修造房屋，以待其弟知命及妻儿来居，又从信中欲作寮舍以贮茶药等语看，山谷之弟知命来黔可能以经营药材为业。按，山谷先生精通中医之学，且中进士前曾经营药肆以解家境困难，事见《药说遗族弟友谅》："老夫往在江南贫甚，有于日中而空甑无米炊时。尝念贫士不能相活，富子不足与语，唯作药肆，不饥寒之术也。……今余欲作药肆，但取人间急难之疾二十许方，择三四信行药童，一用圣贤方论。时节州士，无不用其物宜；炮炙生热，无不尽其材性。但取四分之息，百钱可以起一人之疾。如此，则日计之不足，岁计之有余。谋之熟矣，会予登进士第，遂不得为之。"先生入仕之后，药肆经营可能由其弟知命接替。先生被贬黔中，生计困难，知命等家人来此，宜经营此业，以解决生活所需。我们注意到，先生此前在《天民知命帖》中亦叮嘱"知命且掉下泼药草"，而此后在四川信中多次提到知命与经营药材有关事，如元符年间《答杨斋郎》中有"今年送药人计久亦来"等即是。

作为长期生活的一个特殊安排，先生欲请高僧师范一起到开元寺同住，显然是其向佛之心的延续。按，六祖师范为四川简州人，师从临济宗高僧大沩慕喆，且游于黄龙祖心门下，故与山谷也有同门之谊。山谷与师范相识于元祐末双井忧居时，两人相知甚深，山谷称其为"奇士"，并谓"其人闻道已久，多见前辈，道机纯熟，智虑深远，于士大夫中求之未易得"（《与周元翁别纸》）。此后，师范果来黔州，与山谷同住，直到山谷移住戎州，元符末经山谷推荐，住持成都六祖寺，宗风大振。（俱见山谷尺牍信札）可以想见，黄庭坚一个人，在没有亲友的帮助下，要安好家殊为不易，《与唐彦道书》中云："到黔中来，得破寺堧地，自经营，筑室以居，岁余拮据，乃蔽风雨，又稍葺数口饱暖之资，买地畦菜，二年始息肩。"山谷自盖房买地之后，自称为"涪翁"，并以老农自况，开始过一种自给自足、悠然世外的恬淡生活。他耕地种菜，课子读书，日与师范切磋道义。如其《与宜春朱和叔书》云："某待罪于此，谢病杜门，粗营数口衣食，使不至寒饥，买地畦菜，已为黔中老农耳。"他与泸州安抚使王献可信中也多次谈到此种生活状态："某潜伏藜藿之间，亦粗能经理衣食之资"，"因自杜门，不复与人间庆吊相接，林下唯与二三道人共斋粥，似差胜"，"某已成老农，畦种摩围之下，粗给衣食"，"小人于此一亩之舍，松竹深茂，得以自藏，死生之故，付之造物，更无他缘"。（《与王泸州书》）他在与秦世章的信中更谈道："小儿稍能诵书，性质颇朴戆，亦买得园地，它日令就黔州应举，为乡人矣。"（《与秦世章文思》）

由于政治斗争的牵连，山谷这位文艺大师沦落成穷僻乡野的农夫，这在标榜"尚文"的宋代颇具有讽刺意味。与山谷同在元祐朝中的一批师友也都无一例外，遭遇同样的命运。苏轼时在惠州，有信致山谷云："惠州已久安之矣，度黔，亦无不可处之道也。闻行橐无一钱，途中颇有知义者，能相济否？某虽未至此，然亦近之矣。……子由得书，甚能有味于枯槁也。文潜在宣极安，少游谪居甚自得；淳父亦然，皆可喜。独元老奄忽，为之流涕。"（《苏轼文集》卷五十二）东坡先生在流离之中，依然关注着包括山谷在内的元祐文士们。

山谷在黔州不仅受到地方官员的关心和爱护，青年好学之士也多有来拜师求学者，如杨明叔、王观复、吴东玉、王子飞等都是。山谷对这些青年除给以学问文章指点外，尤其重视为人之道的引导和教育。他把书法作为弘道教化的手段，经常在诗文跋语中注入这些内容。《砥柱铭卷》即这样一件典型作品，而且先生曾多次书写同一内容的作品。先生非常重视当地人文环境的营造，这其中，有一则关于《潭帖》转刻到四川的书法史实，多不为人所注意。《跋秦氏所置法帖》云：

巴蜀自古多奇士，学问文章，德慧权略，落落可称道者，两汉以来盖多，而独不闻解书。至于诸葛孔明，拔用全蜀之士，略无遗材，亦不闻以善书名世者。此时方右武，人不得雍容笔研，亦无足怪。唐承晋宋之俗，君臣相与论书以为能事，比前世为甚盛，亦不闻蜀人有善书者，何哉？东坡居士出于眉山，震辉中州，蔚为翰墨之冠。于是两川稍稍能书，然其风流不被于巴东。黔安又斗绝入蛮夷中，颇有以武功显者，天下一统盖百余年，而文士终不竞。黔人秦子明，魁梧，喜攻伐，其自许不肯出赵国珍下，不可谓黔中无奇士也。子明常以里中儿不能书为病，其将兵于长沙也，买石摹刻长沙僧宝月古法帖十卷，谋舟载入黔中，壁之黔江之绍圣院，将以惊动里中子弟耳目：它日有以书显者，盖自我发之。予观子明欲变里中之俗，其意甚美，书字盖其小小者耳。它日当买国子监书，使子弟之学务实求是，置大经论，使桑门道人皆知经禅，则风俗以道术为根源，其波澜枝叶乃有所依而建立。古之能书者多矣，磨灭不可胜纪，其传者必有大过于人者耳。子明名世章，今为左藏库副使、东南第八将，绍圣院者，子明以军功得请于朝，为阵亡战士追福所作佛祠也。刻石者潭人汤正臣，父子皆善摹刻，得于手而应于心，近古人用笔意云。

山谷此文首先综论巴蜀文化中的书法历史状态，以东坡先生为巴蜀善书第一人，但惜其风流不及于巴东，然后叙述秦世章刻帖之事。按，跋中所及长沙僧宝月禅师，即著名的《潭帖》摹刻者，俗姓钱，长沙人，法名希白，字宝月，号慧云（一说慧照，恐误），开封圣寿禅院智悟大师法嗣，晚年居长沙。宝月擅书法，故其所刻《潭帖》（即《长沙法帖》）颇受书家推重。《东坡题跋》云："希白作字，自有江左风味，故《长沙法帖》比淳化待诏所摹为胜，世俗不察，争仿阁本，误矣。"宝月是山谷方外好友，早在元丰末年，先生就曾为宝月之师作《智悟大师塔铭》。

秦子明是一位武官，他能发心弘传书艺，刻帖以流布乡里，实在是一种千秋功德。但可以肯定，这其中必然有山谷先生的推扬和引导。秦氏派兵远到长沙求刻宝月法帖，其中顾问也必定是先生。《潭帖》在宋代刻帖中影响颇大，从以上跋文可知，《潭帖》之有蜀刻，实因山谷先生推动所致，这对巴蜀文化无疑是一种贡献。中国古代，有一种可称为"谪官文化"的现象，凡有造诣的文人，每到贬谪之地，总能给当地带来或多或少的文化传播与推扬之功，对于文化相对薄弱、落后的贬地而言，这无疑是一种难得的福祉。韩愈之于潮州，东坡之于黄州、儋州，柳宗元之于永州……莫不如此，山谷给黔州留下的不仅仅是引进一部刻帖，而是"使子弟之学务实求是""使桑门（即僧人）道人皆知经术"，使"风俗以道术为根源，其波澜枝叶乃有所依而建立"，这是一种深刻的人文关怀和移风易俗理想。今四川省博物馆有旧藏宋拓《潭帖》残本，四川辞书出版社 1994 年影印出版，疑是山谷所引进者（或其翻刻），有人认为是明代伪托，恐未为确论。（参赵生泉《宋拓〈潭帖〉辨伪》，《文物春秋》2001 年第四期）总之，黔州的人文因山谷而开化进步不少，难怪至今当地百姓非常敬仰、怀念这位先贤。山谷说"古之能书者多矣，磨灭不可胜纪，其传者必有大过于人者"，实在是至理名言。

二、黄庭坚黔州所作诗文的特色与意义

本书计收录黄庭坚在黔州（彭水）时所作诗文 269 篇（首），其包括诗 45 首、词 32 首、表记铭颂 26 篇、题跋 22 篇、书信 144 篇。

黄庭坚少有神童之誉，七岁能诗，青年时期即以善诗闻名。他 21 岁时参加乡试，因所作《野无遗贤》诗中有"渭水空藏月，傅岩深锁烟"句，大受主考官夸赞，一时传为佳话。中进士之后，与苏轼等大批著

名文士往来酬唱，诗名远播，尤其在元祐年间于首都开封任职时，更是文采滔滔，佳话频传，"苏黄"之名朝野倾仰。

在黔州生活阶段，此前他因母亲过世而一度中断写诗。但绍圣初在老家修水黄龙山中，受佛教启发，彻悟人生，不但恢复写诗，而且诗、书、人生境界大开，步入精妙绝尘的后期成熟境界。

黄庭坚在黔州所作诗文，内容多涉及地方风土人物，且风格成熟而迥异于前期，其艺术水准和历史文献价值都很高。

笔者稍稍检索、摘取了一些黄庭坚提到黔州著名景点摩围山的诗词，略加编辑，得到这样一些绝妙的句子：

今宵无睡酒醒时，摩围影在秋江上。

（《踏莎行·茶词》）

归去天心承雨露，摩围山色醉今朝。

（《送曹黔南口号》）

依倚风光垂翠袖，满倾芦酒指摩围。

（《木兰花令》）

黔中士女游晴昼，（《木兰花令》）声彻摩围顶上头。（《减字木兰花》）

黔中桃李可寻芳，酒阑传椀舞红裳。

（《阮郎归·茶词》）

峰排群玉森相就，中有摩围为领袖。

（《木兰花令》）

遍舞摩围，递歌彭水，拂云惊浪。

看朱颜绿鬓，封侯万里，写凌烟像。

（《水龙吟·黔守曹伯达供备生日》）

戏马台前追两谢，风流犹拍古人肩。

（《定风波·次高左藏使君韵》）

这些诗句，视觉新颖，美妙奇特，他为美丽的黔州山水赋予了精神气格，真可谓美不胜收。远道来彭水旅游的客人，读到这样美妙的诗句，无疑会对彭水的神奇美妙增加憧憬和向往；世代居住在这里的父老乡亲，读到这样的诗句，也一定会为见证自己家乡的气格、灵魂，而更加骄傲自豪。这正是文艺的力量，也正是黄庭坚对于黔州（彭水）的伟大贡献所在。

笔者认为，黄庭坚在黔州所作诗文书法，是可以作专题研究的，因为这其中包含了丰富的社会、人文信息，是启迪人生、提升人格的珍贵精神食粮。彭水自古有独特的人文风俗和文艺特色，苗家风情与汉文化的长期交汇融合，形成这里山水、人文的独特魅力。黄庭坚此一时期诗词特色乃至书法风格的形成，与这里独特风情的影响密不可分，这其中有诸多值得我们关注，并进行深入研究、思考的文化课题。当今彭水，歌舞盛行，文艺人才层出不穷，且有一大批诗书、文史爱好者，他们中不乏有一定造诣和潜力者。我相信，本书的出版，对这些文艺人士来说，无疑是特别的喜事和福报。我希望，本书的编辑出版，能为彭水文化旅游发展注入新的活力！

本书作为《蚩尤九黎城旅游丛书》（一），得到重庆九黎旅游控股集团的大力支持，山东人民出版社也给予积极配合，在短短两个多月时间内，高质量出版此书，在此让我们为所有出谋献力的单位、个人表示感谢。这里，还必须提到一个特殊人物：已故原《彭水县志》主编蔡盛炽先生。蔡先生是彭水本土一位卓有见识的文史专家，一生孜孜不倦，致力于地方文史研究，著作颇丰。蔡先生在精研黔州地方文史同时，也一直关注黄庭坚在黔州期间的历史文献，并曾就黄庭坚部分诗词中所涉黔州风土人物作过注解。说起来，本书的编辑也是蔡老先生很多年前的心愿。笔者清楚记得，2015 年 8 月下旬，我第一次应邀到彭水考察时，曾于蔡老"醉山楼"中很兴奋地谈及此事。令人没有想到的是，今天我们正式编辑出版此书时，蔡老先生却已驾鹤仙去。作为对蔡老的一份缅怀与纪念，本书特取用了他为黄庭坚诗词所作注释，还将他写的《黄庭坚在黔州》一文附录于书后。蔡先生曾谈到，黔州自黄庭坚来居后便文风蔚起，再后 30 余年，便有人考中进士，直到现在依然文风丕盛。所以蔡先生说，黄庭坚"不愧是黔州文化的启蒙者、奠基人"。我想，这对帮助读者理解阅读本书，也是很有好处的。

结集出版黄庭坚在一个时段的文艺作品，尚属首次，这种结集方式在整个出版界亦属罕见。笔者相信，本书一定会受到中外游客的喜爱，也一定会对彭水文化旅游产生持续而积极的影响。

2019 年 7 月 5 日于北京

目 录
CONTENTS

序（黄君）／1

卷一·诗

竹枝词二首（并序）／3

上南陵坡／4

梦李白作竹枝词三叠／5

竹枝词二首／6

附：黄大临《题哥罗驿竹枝词》／8

和答元明黔南赠别／9

与黔倅张茂宗／10

题苏若兰回文锦诗图／11

送曹黔南口号／12

次韵楘宗送别二首／13

次韵杨明叔四首（并序）／14

再赠杨明叔（并序）／16

明叔惠示二颂云见七佛偈似有警觉乃是向

道之端发于此故以二颂为报／17

谪居黔南十首（摘乐天句）／19

蚁蝶图／22

王圣涂二亭歌（并序）／23

赠黔南贾使君／25

赠嗣直弟颂十首（并序）／26

卷二·词

醉蓬莱／31

减字木兰花　登巫山县楼作／32

减字木兰花／33

画堂春二首／34

减字木兰花三首（并序）／35

减字木兰花／36

减字木兰花　戏答／37

减字木兰花　用前韵示知命弟／38

水龙吟　黔守曹伯达供备生日／40

品令　送黔守曹伯达供备／41

南歌子／42

采桑子／43

忆帝京　黔州张倅生日／44

阮郎归四首　茶／45

木兰花令五首／47

踏莎行　茶词／50

踏莎行／51

点绛唇二首（并序）／ 52

洞仙歌　泸守王补之生日／ 53

定风波　次高左藏使君韵／ 54

定风波　次高左藏韵／ 55

卷三·表记铭颂

黔南道中行记／ 59

谢黔州安置表／ 61

忠州四贤阁记／ 62

洪州分宁县云岩禅院经藏记／ 65

黔州黔江县题名记／ 68

泸州大云寺滴乳泉记／ 70

朝奉郎通判泾州韩君墓志铭／ 71

永安县君金氏墓志铭／ 74

谢张宽夫送楼栖颂／ 77

晋州州学斋堂铭（并序）／ 78

曹伯达砚铭／ 82

卷四·题跋

砥柱铭卷后跋／ 85

书十劝七佛偈遗李夫人／ 86

书自作草后／ 87

书张仲谋诗集后／ 88

题古乐府后 / 89

书自草秋浦歌后 / 90

书博弈论后 / 91

跋所书戏答陈元舆诗 / 93

书乐天忠州诗遗王圣徒 / 94

金崖研作覆斗说 / 95

书阴真君诗后 / 96

题石供奉金神像 / 97

题王右军书迹后 / 98

书自作草后 / 99

书郭伋杜诗传后 / 100

送曹黔守致语 / 102

题牧护歌后 / 103

书临写兰亭后 / 104

跋秦氏所置法帖 / 105

书枯木道人赋后 / 107

黔州报恩寺街题字 / 108

黔州题名 / 108

卷五·书信 （一）

与简夫宫教简 / 111

谪赴黔州时家书 / 112

与晦之使君简 / 113

与张叔和通判 / 114

答宋子茂 / 115

答黎晦叔 / 116

答黎暹晦叔书 / 117

答黎晦叔暹 / 118

与味道明府简 / 119

与宜春朱和叔书（二首）/ 120

与唐彦道书（二首）/ 123

答唐彦道（三首）/ 125

答李材书 / 126

答李材 / 127

与太虚 / 128

与洪甥驹父书（二首）/ 129

前日承惠帖 / 131

答王补之书 / 132

与王泸州书（十七首）/ 134

答泸州安抚王补之（十四首）/ 151

与王补之安抚简（七首）/ 165

答王观复 / 170

答王观复 / 171

又答王观复 / 172

目录

与韩纯翁宣义书（二首）／173

与通判通直书（二首）／175

答通判通直简（二首）／177

与幕府书（二首）／179

与张道济帖（二首）／181

与吕晋父帖（二首）／182

与敬叔通直／184

卷六·书信（二）

与大主簿三十三书／187

与翊道通判书（三首）／188

与李端中书（二首）／191

与周元翁别纸／192

与逢兴文判官帖（三十一首）／194

与胡秀才书次仲／214

与秦世章文思（三首）／215

答京南君瑞运勾（二首）／218

与人书简（四首）／221

答从圣使君（二首）／225

与周达夫（三首）／227

答雍熙光禅师／230

与曹使君伯达谱（四首）／231

与达监院（二首）／233

与泸州少府／234

与成之秘校（三首）／235

与君孚知府帖／236

觉民读书帖／237

与王充书／238

附　录

黄庭坚在黔州（蔡盛炽）／241

卷一·诗

竹枝词二首（并序）

　　古乐府有"巴东三峡巫峡长，猿鸣三声泪沾裳"，但以抑怨之音，和为数叠。惜其声今不传。予自荆州上峡，入黔中，备尝山川险阻，因作二叠与巴娘，令以《竹枝》歌之。前一叠可和云："鬼门关外莫言远，五十三驿是皇州。"后一叠可和云："鬼门关外莫言远，四海一家皆弟兄。"或各用四句，入《阳关》《小秦王》亦可歌也。绍圣二年四月甲申。

　　撑崖拄谷蝮蛇愁，入箐攀天猿掉头。

　　鬼门关①外莫言远，五十三驿是皇州。

　　浮云一百八盘②萦，落日四十八渡③明。

　　鬼门关外莫言远，四海一家皆弟兄。

---

　　①　鬼门关，今湖北省秭归县境内长江上的新滩。（见清人洪良品《巴船纪程》）
　　②　一百八盘，在巫山县隔江南陵山上。（见陆游《入蜀记》卷六）
　　③　四十八渡，今黔江的栅山河。（见顾祖禹《读史方舆纪要》卷六十九）

上南陵坡①

风餐水宿六千里，蛇退猿啼百八盘。

上得坡来总欢喜，摩围依约见峰峦。

---

① 南陵坡，即南陵山。诗中的"蛇退"，指山名"蛇倒退"，在今黔江白合乡；"摩围"，指彭水的摩围山。

梦李白作竹枝词三叠

予既作《竹枝词》，夜宿歌罗驿，梦李白相见于山间，曰："予往谪夜郎，于此闻杜鹃，作《竹枝词》三叠，世传之不？"予细忆集中无有，请三诵，乃得之。

一声望帝①花片飞，万里明妃雪打围②。

马上胡儿那解听，琵琶应道不如归。

竹竿坡面蛇倒退③，摩围山腰胡孙④愁。

杜鹃无血可续泪，何日金鸡赦九州。

命轻人鲊瓮⑤头船，日瘦鬼门关外天。

北人堕泪南人笑，青壁⑥无梯闻杜鹃。

---

① 望帝，指蜀王杜宇。相传杜宇死后化为子规（杜鹃）。
② 明妃，即王昭君；打围，胡人以游猎为"打围"。
③ 蛇倒退，山名，在今黔江白合乡蛇道村境内。
④ 胡孙，猴子的别名。
⑤ 人鲊瓮，长江险滩之一，在今湖北秭归县西。
⑥ 青壁，指青天。

竹枝词二首

三峡猿声泪欲流，夔州《竹枝》解人愁。

渠侬自有回天力，不学垂杨绕指柔。

其二

塞上柳枝且莫歌，夔州《竹枝》奈愁何。

虚心相待莫相误，岁寒望君一来过。

　　黄庭坚衣冠冢位于重庆市彭水县三连乡中井村。崇宁四年（1105），黄庭坚逝世，讣闻传到黔州，郁山市民无不悲痛，寻他在彭水时的旧衣物数件，用棺木安葬，在中井河北岸玉屏山麓建衣冠冢。彭水官民在县城插旗山下建三贤祠，将他与汉朝伏波将军马援、唐朝太傅长孙无忌一起供奉。清道光六年（1826）冬月，郁山巡检许承之以砖封旧冢，重立石碑名：宋史官黄文节公之墓

附： 黄大临 《题哥罗驿竹枝词》①

尺五②攀天天惨颜，盐烟溪瘴锁诸蛮③。

平生梦亦未尝处，闻有鸦飞不到山。

风黑马跪驴瘦岭④，日黄人度鬼门关。

黔南去此无多远，想在夕阳猿啸间。

---

① 黄大临，字元明，黄庭坚长兄。歌罗驿，在今彭水保家楼郁江西岸的南望山下。南望山，原名"蛮王山"，即歌罗山。（见顾祖禹《读史方舆纪要》卷六十九）

② 尺五，离天极近，只有一尺五寸。这里指山高。

③ 盐烟，郁山煮盐的烟；溪瘴，指会引发某种疾病的瘴气；诸蛮，指当时居住在彭水的少数民族。

④ 驴瘦岭，在今湖北省恩施西二里。

和答元明黔南赠别①

万里相看忘逆旅，三声清泪落离觞。

朝云往日攀天梦，夜雨何时对榻凉。

急雪鹡鸰相并影，惊风鸿雁不成行。

归舟天际常回首，从此频书慰断肠。

---

① 《书萍乡县厅壁》云：元明送予安置于摩围山之下，淹留数月，不忍别，士大夫共慰勉之，乃肯行。掩泪握手，为万里无相见之期。

与黔倅张茂宗①

静居门巷似乌衣②，文采风流众所归。

别乘来同二千石③，化民曾寄十三徽④。

寒香亭下方遗爱，吏隐堂中已息机。

暂与计司参婉画⑤，百城官吏借光辉。

①　原注："按蜀本《诗集》注云：山谷初到黔南，曹谱伯达、张茕茂宗为守贰待之颇厚。山谷与张叔和书云：'庭坚至黔南将一月矣，曹守张倅相待如骨肉。'又与杨明叔云：'守倅皆京洛人，好学尚文，不易得也。'今公有《与大主簿三十三书》，亦云：'太守曹供备谱，济阳之侄；通判张茕，张景俭孙，公休之妻弟；皆贤雅，相顾如骨肉。'"倅，州郡长官的副职。

②　乌衣，指乌衣巷，晋代巨富王导的住宅。

③　别乘，别驾，即别乘一车之谓，亦指州郡长官之副职；二千石，汉代郡守的俸禄。

④　化民，教化百姓；徽，系琴弦的绳。十三徽，《乐书》："琴，一也……上圆下方，象天地徽十有二，象十二律。"

⑤　计司，古代掌管财政、赋税、贸易的官署；婉画，指幕僚参与长官谋划。

题苏若兰回文锦诗图①

千诗织就回文锦，如此阳台暮雨何。

亦有英灵苏蕙手，只无悔过窦连波。

---

① 绍圣三年黔州作。

送曹黔南①口号

摩围山色醉今朝，试问归程指斗杓②。

荔子阴成棠棣爱③，竹枝歌是去思谣。

阳关一曲悲红袖，巫峡千波怨画桡。

归去天心承雨露，双鱼④来报旧宾僚。

---

① 曹黔南,指黔州太守曹谱。
② 斗杓,北斗之柄,随季节而变更方向。
③ 棠棣爱,指兄弟的感情。
④ 双鱼,指书信,古人从远地送二鲤,在腹中置信,故云。

次韵楸宗送别二首

一百八盘天上路，去年明日送流人。

小诗话别堪垂泪，却道情亲不得亲。

别驾柴门闭一春，艰难颠沛不忘君。

何时幽谷回天日，教保余生出瘴云。

次韵杨明叔四首（并序）

杨明叔惠诗，格律、词意皆熏沐去其旧习，予为之喜而不寐。文章者，道之器也；言者，行之枝叶也。故次韵作四诗报之。耕礼义之田而深其耒。明叔言行有法，当官又敏于事而临民，故予期之以远者大者。

鱼去游濠上①，鸮②来止坐隅。

吉凶唯我在，忧乐与生俱。

决定不是物，方名大丈夫。

今观由也果，老子欲乘桴③。

---

① 濠上，见《庄子·秋水》，比喻别有会心，自得其乐之地。
② 鸮，猫头鹰，古人以为是不祥鸟。
③ 老子，指李耳；桴，小木筏。《论语》："道不行，吾将乘桴浮于海。"

道常无一物，学要反三隅①。

喜与嗔同本，嗔时喜自俱。

心随物作宰，人为我非夫。

利用兼精义，还成到岸桴。

全德备万物，大方无四隅。

身随腐草化，名与太山②俱。

道学归吾子，言诗起老夫。

无为蹈东海，留作济川桴。

匹士能光国，三屋③不满隅。

窃观今日事，君与古人俱。

气类莺求友，精诚石望夫。

雷门震惊手④，待汝一援桴。

---

① 反三隅，即举一反三。

② 太山，即泰山。

③ 屋，窄小。

④ 雷门，指古时悬有大鼓的会稽(今浙江绍兴)城门，鼓声如雷，故名；震惊手，指击鼓鸣冤的百姓。

再赠杨明叔(并序)

　　庭坚老懒衰惰，多年不作诗，已忘其体律。因明叔有意于斯文，试举一纲而张万目。盖以俗为雅，以故为新，百战百胜，如孙吴之兵，棘端可以破镞，如甘蝇飞卫之射，此诗人之奇也。明叔当自得之。公眉人，乡先生之妙语，震耀一世，我昔从此公得之多，故今以此事相付。

　　　　穷奇投有北，鸿鹄止丘隅。

　　　　我已魑魅御，君方燕雀俱。

　　　　道应无芥蒂，学要尽工夫。

　　　　莫斩猿狙杙，明堂待栋桴。

明叔惠示二颂云见七佛偈似有警觉乃是向道之端发于此故以二颂为报

山川围燕坐，日月转庭隅。

般若心常是，如来卧起俱。

多闻成外道，只守即凡夫。

欲听虚空鼓，须弥作鼓桴。

平生讨经论，苦行峻廉隅。

伪契已无分，买山云自俱。

身为廊庙宰，梦作种田夫。

欲辨身兼梦，还如鼓与桴。

　　绿阴轩，位于彭水县城乌江东岸，为北宋词人黄庭坚谪黔州后所建。此轩建于一块十余平方米的巨石上，古榕浓荫遮蔽。原建筑四出飞檐，雕花门棂，有矮栏可凭依，小巧玲珑。门楣悬挂"绿阴轩·山谷书"匾额一方，字体清秀雅致

谪居黔南十首（摘乐天句）

相望六千里，天地隔江山。

十书九不到，何用一开颜。①

霜降水反壑，风落木归山。

冉冉岁华晚，昆虫皆闭关。②

冷淡病心情，暄和好时节。

故园音信断，远郡亲宾绝。③

山郭灯火稀，峡天星汉少。

年光东流水，生计南枝鸟。④

---

① 黄庭坚此诗皆摘自白居易诗，只改易数字，亦作诗之法。（见《诗林广记》）此诗原为《乐天集》十卷中的《寄行简》诗："相去六千里，地绝天邈然。十书九不达，何以开忧颜。"

② 此诗为《乐天集》十一卷中的《岁晚》诗："霜降水反壑，风落木归山。冉冉岁将晏，物皆还本原。"

③ 此诗为《乐天集》十一卷中的《花下对酒》诗。

④ 此诗为《乐天集》十一卷中的《西楼夜》诗。

冥性齐远近，委顺随南北。

归去诚可怜，天涯住亦得。①

老色日上面，欢悰日去心。

今既不如昔，后当不如今。②

啧啧雀引雏，梢梢笋成竹。

时物感人情，忆我故乡曲。③

苦雨初入梅，瘴云稍含毒。

泥秧水畦稻，灰种畲田粟。④

轻纱一幅巾，小簟六尺床。

无客尽日静，有风终夜凉。⑤

———————

① 此诗为《乐天集》十一卷中的《委顺》诗。
② 此诗为《乐天集》十一卷中的《东城寻春》诗，"欢悰"原作"欢情"。
③ 均为《乐天集》十卷中的《孟夏思渭村旧居寄舍弟》诗。
④ 均为《乐天集》十卷中的《孟夏思渭村旧居寄舍弟》诗。
⑤ 此诗为《乐天集》十一卷中的《竹窗》诗。

病人多梦医，囚人多梦赦。

如何春来梦，合眼在乡社。①

① 此诗为《乐天集》十卷中的《寄行简》诗，原为"渴人多梦饮，饥人多梦餐。春来梦何处，合眼到东川"。

蚁蝶图

胡蝶双飞得意，偶然毕命网罗。

群蚁争收坠翼，策勋归去南柯。

王圣涂二亭歌（并序）

忠州太守王圣涂罢忠州，春秋六十有六，将告老于朝而休于营丘。以书抵黔州，告其同年生黄鲁直曰："营丘有叟，将自此归矣。舍旁作二亭以休余日，子为我名，且归以夸父老。"鲁直名其一曰"休休"，上言事，下言德也；其一曰"冥鸿"，言公自此去矰缴远矣。圣涂喜曰："子盍为我歌。"

营丘之下，有宅有田。梨枣兮筋豆，耘耔兮为年。鸡栖埘兮羊豕在牧，课儿子兮蓺松菊。炙背兮墙东，梦覆舟兮涛且风。洋之回兮可以驾，孙甥扶舆兮父老同社。洋之水兮可以舟入，鸥鸟兮与之游。一世兮蜉蚁，桑榆兮慭可收。从此休兮，公谁黄发之休。伟长松兮卧龙蛇，阅千岁兮不改其柯。震雷不惊兮，谁欲休之以蝍蛆。下有锦石兮可用杯勺，云月供帐兮万籁奏乐。石子磊磊兮涧谷纵横，春月桃李兮士女倾城。时雨霖兮忽若海潦，收无事兮我以观万物之情。儿时所蓺兮桃李纤纤，随世风波兮吹而北南。昔去兮拱把，今归兮与天参。与古人兮合契，树如此兮我何以堪。鸿雁嗷兮或在洲渚，有心于粒兮弋者所取。飞冥冥兮渺万里而绝去，薮泽之罗者兮官予落羽。

赠黔南贾使君

绿发①将军领百蛮，横戈得句一开颜。

少年圯下传书客②，老去崆峒③问道山。

春入莺花空自笑，秋成梨枣④为谁攀。

何时定作风光主，待得征西鼓吹还。

---

① 绿发，指头发乌黑发亮，亦指年轻。

② 圯下传书客，指张良在圯下（桥下）得黄石公授兵法的故事。

③ 崆峒，山名，在今甘肃平凉市西，相传为黄帝向广成子问道之所。

④ 梨枣，指交梨火枣，道家所说的仙果；又，旧时以梨枣木刻书版，代指书籍。

赠嗣直弟颂十首（并序）

涪陵与弟嗣直夜语，颇能明古人意。因戏咏云："人皆有兄弟，谁共得神仙。"故作十颂以记之。此二句唐赤松观舒道士题赤松子庙诗也。

饥渴随时用，悲欢触事真。

十方无壁落，中有昔愁人。

去日撒手去，来时无与偕。

若将来去看，还似不曾斋。

正观心地时，丝发亦无有。

却来观世间，冬后数九九。

涪陵萨埵子，直道也旁行。

亦嚼横陈蜡，不爱孔方兄。

江南鸿雁行，人言好兄弟。

无端风忽起，纵横不成字。

万里唯将我，回观更有谁。

初无卓锥地，今日更无锥。

江南十兄弟，长被时一共。

梦时各自境，独与君同梦。

虽受然灯记，不从然灯得。

若会翻身句，弥勒真弥勒。

向上关捩子，未曾说似人。

困来一觉睡，妙绝更通神。

往日非今日，今年似去年。

九关多虎豹，聊作地行仙。

卷二·词

醉蓬莱

对朝云霭霴，暮雨霏微，翠峰相倚。巫峡高唐，锁楚宫佳丽。画毂移春，靓妆迎马，向一川都会。万里投荒，一身吊影，成何欢意。　　尽道黔南，去天尺五，望极神州，万重烟水。尊酒公堂，有中朝佳士。荔颊红深，麝脐香满，醉舞裀歌袂。杜宇催人，声声到晓，不如归是①。

---

① 不如归是，杜鹃叫声，如"不如归去"。古人多以杜鹃声来指思乡之情。

减字木兰花　　登巫山县楼作

　　襄王梦里，草绿烟深何处是。宋玉台头，暮雨朝云几许愁。　　飞花漫漫，不管羁人肠欲断。春水茫茫，要渡南陵更断肠。

减字木兰花

距施州二十里，张仲谋遣骑相迎，因送所和乐府来，且约近郊相见，复用前韵先往。

使君那里，千骑尘中依约是。拂我眉头，无处重寻庾信愁。　　山云弥漫，夹道旌旗联复断。万事茫茫，分付澄波与烂肠。

画堂春二首

摩围小隐枕蛮江①，蛛丝闲锁晴窗。水风山影上修廊，不到晚来凉。　　相伴蝶穿花径，独飞鸥舞春光。不因送客下绳床②，添火炷炉香③。

东堂西畔有池塘，使君扉几明窗。日西人吏散东廊，蒲苇送清凉。　　翠管细通岩溜④，小峰重叠山光。近池催置琵琶床，衣带水风香。

---

① 蛮江，指乌江。
② 绳床，一种可以折叠的轻便坐具，用绳将木板穿织而成。
③ 炷，点燃;炉香，即可在香炉里燃烧的香料。
④ 岩溜，指山泉水。

减字木兰花三首（并序）

丙子仲秋，奉陪黔阳曹使君伯达玩月，作《减字木兰花》，兼简施州张使君仲谋。

中秋多雨，常是樽罍狼藉去。今夜云开，须道姮娥得得来。　　不知云外，还有清光同此会。笛在层楼，声彻摩围顶上头。

中秋无雨，醉送月衔西岭去。笑口须开，几度中秋见月来。　　前年江外，儿女传杯兄弟会。此夜登楼，小谢清吟慰白头。

浓阴骤雨，巫峡有情来又去。今夜天开，不与姮娥作伴来。　　清光无外，白发老人心自会。何处歌楼，贪看冰轮不转头。

减字木兰花

丙子中秋，黔守席上，客有举老杜《中秋》诗曰："今夜鄜州月，闺中只独看。遥怜小儿女，未解忆长安。"因戏作。

举头无语，家在月明①生处住。拟上摩围，最上峰头试望之。　　偏怜络秀②，苦淡同甘谁更有。想见牵衣，月到愁边总未知。

———————————

① 月明，黄庭坚家乡双井村，号明月湾。
② 络秀，当是黄庭坚对其夫人的称呼。

减字木兰花　　戏答

　　月中笑语，万里同依光景住。天水相围，相见无因梦见之。　　诸儿娟秀，儒学传家渠自有。自作秋衣，渐老先寒人未知。

减字木兰花　用前韵示知命弟

当年夜雨，头白相依无去住。儿女成围，欢笑樽前月照之。　阿连高秀，千万里来忠孝有。岂谓无衣，岁晚先寒要弟知。

郁山飞水井盐泉

水龙吟　　黔守曹伯达供备生日

　　早秋明月新圆，汉家戚里生飞将。青骢宝勒，绿沉金锁，曾随天仗。种德江南，宣威西夏，合宫陪享。况当年定计，昭陵与子，勋劳在、诸公上。　　千骑风流年少，暂淹留、莫孤清赏。平坡驻马，虚弦落雁，思临虏帐。遍舞摩围，递歌彭水，拂云惊浪。看朱颜绿鬓，封侯万里，写凌烟像。

品令　送黔守曹伯达供备

　　败叶霜天晓，渐鼓吹、催行棹。栽成桃李未开，使解银章①归报。去取麒麟图画②，要及年少。　　劝君醉倒，别语怎向醒时道。楚山③千里暮云，镇锁离人怀抱。记取江州司马，座中最老。

---

　　①　解，取下，意为不再任职；银章，银质的印章，汉代凡二千石以上的官员，皆佩银章。

　　②　取，争取；麒麟，指麒麟阁；图画，指画像。旧时给功臣、贤才的最高荣誉。

　　③　楚山，泛指楚地之山，这里代指少数民族地区。

南歌子

诗有渊明语，歌无子夜声。论文思见老弥明，坐想罗浮山下羽衣轻。　　何处黔中郡，遥知隔晚晴。雨余风急断虹横，应梦池塘春草若为情。

采桑子

城南城北看桃李，依倚①年华，杨柳藏鸦，又是无言飚落花。　　春风一面长含笑，偷顾羞遮。分付谁家，把酒花前试问他。

---

① 依倚,指依靠或依傍。

/ 11

忆帝京　　黔州张倅①生日

鸣鸠乳燕春闲暇，化作绿阴槐夏。寿斝舞红裳，睡鸭飘香麝。醉此洛阳人，佐郡深儒雅。　　况坐上、玉麟金马。更莫问、莺老花谢。万里相依，千金为寿，未厌玉烛传清夜。不醉欲言归，笑杀高阳社②。

---

①　张倅，指姓张的黔州副守。
②　高阳社，指高阳酒徒，即放荡不羁的人。

阮郎归四首　　茶

摘山初制小龙团①，色和香味全。碾声初断夜将阑，烹时鹤避烟。　　消滞思，解尘烦，金瓯②雪浪翻。只愁啜罢月流天，余清搅夜眠。

烹茶留客驻雕鞍，有人愁远山。别郎容易见郎难，月斜窗外山。　　归去后，忆前欢，画屏金博山③。一杯春露④莫留残，与郎扶玉山⑤。

---

①　龙团，上等茶。末阙之月团、犀胯，为宋代黔州的名茶，黄庭坚曾用来赠友人。

②　金瓯，指黄金做成或黄色之瓶。

③　画屏，指有画的屏风；金博山，指彝器上所刻的山形装饰，如博山钟、博山炉之类，这里代指香炉。

④　春露，指茶。

⑤　玉山，人醉倒叫玉山颓。

歌停檀板舞停鸾，高阳①饮兴阑。兽烟②喷尽玉壶干，香分小凤团③。　雪浪浅，露花圆，捧瓯春笋④寒。绛纱笼下跃金鞍，归时人倚栏。

黔中桃李可寻芳，摘茶人自忙。月团犀胯斗圆方，研膏入焙香。　青箬⑤裹，绛纱囊，品高闻外江。酒阑传椀舞红裳，都濡⑥春味长。

---

① 高阳,指饮酒之徒。
② 兽烟,指兽形香炉所焚之香烟。
③ 凤团,上等茶末做成之茶团。
④ 春笋,指美人手指。
⑤ 青箬,即棕叶,古时作衬垫茶篓之用。
⑥ 都濡，宋代设的县名，治所在今贵州务川县境内，地跨今彭水黄家坝一带，所产"都濡月兔"茶，极有名。

木兰花令五首

风开水面鱼纹皱，暖入芳心犀①点透。乍看晴日弄柔条，忆得章台人姓柳②。　　心情老大痴成就，不复淋浪沾翠袖。早梅献笑③尚窥邻，小蜜窃香如遗寿④。

东君⑤未试雷霆手，洒雪开春春锁透。帝台⑥应点万年枝⑦，穷巷偏欺三径柳。　　峰排群玉森相就，中有摩围为领袖。凝香窗下与谁看，一曲琵琶千万寿。

---

①　犀，指犀牛角，相传有种种神奇的作用。
②　唐代诗人韩翃有爱姬柳氏，以艳丽称。韩回原籍省亲，安史之乱爆发，柳出家为尼。后韩寄诗给柳："章台柳，章台柳，昔日青青今在否？纵使长条似旧垂，亦应攀折他人手。"柳为蕃将沙托利所劫，后又被人以计夺还归韩。章台，汉代长安街名，后泛指妓女聚居之所。
③　献笑，露出笑容。
④　小蜜，指蜜蜂；遗寿，短寿。
⑤　东君，指司春之神。
⑥　帝台，传说中的神仙名。
⑦　万年枝，树名，即冬青。

新年何许春光漏，小院闲门风日透。酥花入座颇欺梅，雪絮因风全是柳。　　使君落笔春词就，应唤歌檀①催舞袖。得开眉处且开眉，人世可能金石寿。

黄金捍拨春风手，帘幕重重音韵透。梅花破萼便回春，似有黄鹂鸣翠柳。　　晓妆未惬梅添就，玉笋②捧杯离钿③袖。会拼千日笑尊前，他日相思空损寿。

黔中士女游晴昼，花信轻寒罗袖透。争寻穿石道宜男④，更买江鱼双贯柳。　　竹枝歌好移船就，依倚风光垂翠袖。满倾芦酒⑤指摩围，相守与郎如许寿。

---

① 檀，唱歌时用来击拍的檀木做成的拍板。
② 玉笋，指女人的手指。
③ 钿，以金、银、玉做成的装饰品。
④ 宜男，旧时祝愿妇人多子之辞。
⑤ 芦酒，即用芦(竹)管吸食的咂酒。

蚩尤九黎城：万人踩花山

踏莎行　　茶词

　　画鼓催春，蛮歌走饷，雨前一焙争春长。低株摘尽到高株，高株别是闽溪样。　　碾破春风，香凝午帐，银瓶雪衮翻成浪。今宵无睡酒醒时，摩围影在秋江上。

踏莎行

　　临水夭桃，倚墙繁李，长杨风掉青骢①尾。尊中有酒且酬春，更寻何处无愁地。　　明日重来，落花如绮，芭蕉渐展山公②启。欲笺心事寄天公，教人长对花前醉。

---

　　① 青骢，毛色青白相杂的骏马。

　　② 山公，古时代表山神享受祭祀的男子。唐代李约养一猿，亦名山公。

点绛唇二首（并序）

重九日寄怀嗣直弟，时在涪陵。用东坡余杭九日《点绛唇》旧韵。

浊酒黄花，画帘十日无秋燕。梦中相见，似作枯禅观。　镜里朱颜，又减心情半。江山远，登高人健，寄语东飞雁。

几日无书，举头欲问西来燕。世情梦幻，复作如斯观。　自叹人生，分合常相半。戎虽远，念中相见，不托鱼和雁。

洞仙歌　　泸守王补之生日

月中丹桂，自风霜难老。阅尽人间盛衰草。望中秋、才有几日十分圆，霾风雨，云表常如永昼。

不得文章力，白首防秋，谁念云中上功守。正注意得人雄，静扫河西，应难指、五湖归棹。问持节冯唐几时来，看再策勋名，印窠如斗。

定风波　次高左藏使君韵

万里黔中一漏天，屋居终日似乘船。及至重阳天也霁，催醉，鬼门关近蜀江前。　莫笑老翁犹气岸，君看，几人白发上华颠。戏马台前追两谢，驰射，风流犹拍古人肩。

定风波　次高左藏韵

　　自断此生休问天，白头波上泛胶船。老去文章无气味，憔悴，不堪驱使菊花前。　　闻道使君携将吏，高会，参军吹帽晚风颠。千骑插花秋色暮，归去，翠娥扶入醉时肩。

卷三 · 表记铭颂

黔南道中行记

绍圣二年三月辛亥，次下牢关，同伯氏元明、巫山尉辛纮尧夫，傍崖寻三游洞。绕山行竹间二百许步，得僧舍，号大悲院，才有小屋五六间。僧贫甚，不能为客煎茶。过大悲，遵微行高下二里许，至三游间。一径栈阁绕山腹，下视深溪悚人；一径穿山腹，黯暗，出洞乃明。洞中略可容百人，有石乳，久乃一滴。中有空处，深二丈余，可立。尝有道人宴居，不耐久而去。厥壬子，尧夫舟先发不相待。日中乃至虾蟆碚，从舟中望之，颐颔口吻，甚类虾蟆也。予从元明寻泉源入洞中，石气清寒，流泉激激，泉中出石，腰骨若虬龙纠结之状。洞中有崩石，平阔可容数人宴坐也。水流循虾蟆背，垂鼻口间，乃入江耳。泉味亦不极甘，但冷熨人齿，亦其源深来远故耶？壬子之夕，宿黄生峡。明日癸丑，舟人以豚酒享黄牛神，两舟人饮福皆醉。长年三老请少驻，乃得同元明、尧夫曳杖清樾间，观欧阳文忠公诗及苏子瞻记丁元珍梦中事，观只耳石马。道出神祠背，得石泉，甚壮急。命仆夫运石去，沙泉且清而归。陆羽《茶经》记黄牛峡茶可饮，因令舟人求之。有媪卖新茶一笼，与草叶无异，山中无好事者故耳。癸丑夕，宿鹿角滩下，乱石如囷廪，无复寸土。步乱石间，见尧夫坐石据琴，儿大方侍侧，萧然在事物之外。元明呼酒酌，尧夫随磐石为几案床座。夜阑，乃见北斗在天中，尧夫为《履霜》《烈女》之曲，已而风激涛波，滩声汹汹，大方抱琴而归。初，余在峡州，问士大夫夷陵茶，皆云粗涩不可饮。试问小吏，云："唯僧茶味善。"试令求之。得十饼，价甚平也。携至黄牛峡，置风炉清樾间，身候汤，手揗得味。既以享黄牛神，且酌元明、尧夫，云不减江南茶味也。乃知夷陵士大夫但以貌取之耳，可因人告傅子正也。

谢黔州安置表

臣庭坚言：昨蒙恩责授涪州别驾，黔州安置。已于四月二十三日到黔州公参讫者。圣恩宽大，善贷曲成。刻心陨元，未足称报。中谢。伏念臣草茅下士，诗礼小儒。渐阶清途，厕列文馆。误蒙器使，孤奉国恩。罪在至愚，刑兹无赦。有司议狱，期从铁钺之诛；明主原心，终全蝼蚁之命。虽投裔土，犹得为人。此盖皇帝陛下有天地好生之心，有尧汤不蔽之福，旁开用命之网，或漏吞舟之鱼。顾兹未死之年，皆是再生之日。罪深责薄，感极涕零。重念臣万里戴天，一身吊影。兄弟濒于寒饿，儿女未知存亡。不敢每怀，惟深自咎。穷乡多怪，苦雾常阴。木石为亲，柳或几于生肘；日月在上，葵敢忘于倾心。报德无阶，惟忠与孝。臣无任。

忠州四贤阁记

忠州，汉巴郡之临江、垫江县也。其治所在临江，故梁以为临州，后周以为南宾郡，唐贞观八年始为忠州。其地荒远瘴疠，近臣得罪，多出为刺史、司马。故刘尚书以刺史贬一年死，陆宣公以别驾贬十年死，李忠懿公以刺史居六年，白文公以刺史居二年。其后，憙事者以四公俱贤，图象为四贤阁：故相、赠司徒郑州刺史南华刘晏士安，故相、赠兵部尚书嘉兴陆贽敬舆，中书侍郎、平章事赠司徒安邑李剧吉甫宏宪，刑部尚书致仕、赠右仆射下邽白居易乐天。由开元以来，讫于会昌，四君子相望，凛然犹有生气。忠民常以此自负，而郡守至者必矜式焉。

绍圣三年正月，知州事营丘王君辟之圣涂，下车问民疾苦，曰吏骜而民困。故圣涂为州，拊养柔良，知其饱饥，锄治奸猾，几于伤手，治声翕然。邑中豪吏故时受赇舞文法者相与谋曰："属且无类。"即以智笼小骁吏，群诉于部使者。圣涂不为变，且叹曰："白头老翁，安能录录畏吏苛民耶！"亦会部使者察其为奸。而圣涂治郡政成，时休车骑野次，咨问故老，访四贤之逸事，而三君之政，寂寥无闻。盖士安即赐死，而敬舆别驾不治民，宏宪虽在州六年，亦嘿耳。乐天由江州司马除刺史，为稍迁，故为郡最豫暇，有声迹，又其在州时诗见传。东楼以宴宾佐，西楼以瞰鸣玉溪，登龙昌上寺以望江南诸山，张乐巴子台以会竹枝歌女，东坡种花，东涧种柳，皆相传识其处所。于是一花一竹，皆考于诗。复其旧贯，种荔支数百株，移木莲且十本。忠于一时遂为三峡名郡。

圣涂乃以书夸涪翁曰："为我记之。"涪翁曰：圣涂急鳏寡之病，使远方民沐浴县官之泽，可谓知务矣。扫除四贤之室，思欲追配古人，可谓乐善矣。乐天去忠州，于今为二百七十有九年。在官者鳏鳏然，常忧瘴疠之病已，数日求去，故乐天之遗事芜没欲尽。圣涂，齐人也，盖不能巴峡之风土，又其击强拔烦，材有余地，而晚暮为远郡守，乃能慨然不倦，兴旧起废，使郡中池观花竹郁然，如元和己亥时。追乐天而与之友，圣涂于是贤于人远矣。

圣涂为州之明年六月，而涪翁为之记。

洪州分宁县云岩禅院经藏记

江西多古尊宿道场，居洪州境内者以百数，而洪州境内禅席居分宁县者以十数。二十年来，住持者非其人，十室而八也。其有户籍而单丁住持上官租者，十室而五也。分宁县中唯云岩院供十方僧。山谷道人自为童儿时数之，未尝得人，其号十方，名存而实亡矣。元祐末，山谷以忧居里中，有玉山僧法清尸此禅席，而十方僧往来，不得展钵托宿。清闻山谷尝道云岩初无藏经，慨然欲办此缘。其人才智足以兴事，而道行不能感人，论者纷纷而中废，清亦得罪去矣。

韶阳老人得道于黄龙祖心禅师，被褐怀玉，隐约山间二十余年矣。自言山野不解世事，无出山为人意。邑中贤士大夫及耆宿商度曰："欲兴云岩法席，必得本色道人，若是则莫宜韶阳公。"于是逼致之。韶阳公幡然受请，入居方丈之东死心寮中。居数月，粥鱼斋鼓，隐隐铉铉，闻者动心；升堂入室，肃肃雍雍，观者拱手。韶阳公曰："与十方人作粥饭，缘则可矣，非老人为道而来之意。古人云：我若一向举扬宗乘，法堂前草深一丈。吾恐云岩门外荆棘生焉。不得已，众竭力为我置藏经，且于末法中作佛事。"众亦不解老人语，而谋为转轮《莲华经》藏，庇以华屋，大为经堂，严以金碧。有山者献木，有田者献谷，如此且阅三岁，檀化为魔，种种沮坏。韶阳壁立，不战不怖。诸魔所摄，去魔即佛。作大庄严，远近倾倒。魔复为檀，自谢负堕，鸣蠡伐鼓，相我成功。于是四方来观者乃曰："江东西经藏乃十数，未有盛于云岩者也。而此经藏者，发端于山谷，不得不为之记。"山谷曰："物之成坏，盖自有数，要以有道者为所依，然后崇成。韶阳所以不得已而置藏经，是中有正法眼句，禅子自当于死心寮中求之。"凡此藏经，主工者僧悟机，如京师印经者僧希文，韶阳老人者大长老悟新，山谷道人者责授涪州别驾戎州安置黄庭坚。

《摩围长卷图》——不醉黔中争去得，摩围山色正苍苍

黔州黔江县题名记

黔江县治所，盖楚开黔中郡时，哥罗蛮聚落也。于今为县，二乡七里，户千有二百，其秋赋雇庸不登三十万钱，以地产役于公者八十有五，其义军二千九百，招谕夷自将其众者五百七十。其役于公之人，质野畏事，大略与义军夷将领不殊也。使之非其义，或跳梁不为用，决讼失其情，或虏略以偿直。暗则小智者亦溷疆畔而为欺，懦则细黠吏亦能用其柄。市麝脐以百计，市蜂蜡以千计，则夷以长吏为侮。宽则以利啖胥徒而苟免，猛则鸟兽骇而奏箐中矣。至今得其人，栉垢爬痒，民以按堵。而异时号为难治，吾不知其说也。胶西逢兴文为黔州军事判官，会王君任以忧去，二年不除代，有司以兴文摄令，遂以治声闻。盖其人练达吏道，故不以假摄为一切之政；老于忧患，故虽摄事弥年而不倦事，事举以诏条，将去如始至，府库簿书，如墉如栉，不鄙夷其民，子弟教之。故其政无六疾，而夷夏安之。县旧无题名记，兴文愍其太陋，求之故府与其老吏，乃自熙宁庚戌得赵君洙以来十人刻石，以为后观，而属余记之。子产曰："抑人有言曰，蕞尔国，夫有社稷、民人、王事均也，岂可忽哉！"兴文之举，于是合矣。后之人有此六疾而求治，吾不知也；无此六疾而邑不治，吾则不信也。故悉书之以告来者。

泸州大云寺滴乳泉记

　　泸州大云寺西偏崖石上，有甘泉滴沥，一州泉味皆不及也。余名曰"滴乳泉"。然寺僧宗惠埋其上，泉滴来不汲汲，似为死骨所触。余闻葬书，死而葬泉源者，其子孙皆当病水瘇而死，其毒数世不已。惠若有子孙，可忠告之，迁以避数世之祸。

朝奉郎通判泾州韩君墓志铭

君讳复，字辨翁，其先邓之南阳人。其上世有为龙游令者，不能归，而家于陵井。遂为陵之井研人，至辨翁阅五世矣。曾大父归惠为州吏，当李顺乱时，诸郡皆尚威断，凡贼所诖误，以尽杀为功。归惠条其重轻过故为等差，抱法律争于廷，所活且百人。谓其子庆之曰："吾后当有兴者，及尔子孙，皆使为诗书。"庆之生君考颖，仕至太子中允。世父崇，尚书屯田员外郎。兄震，朝请大夫。韩氏遂为陵州衣冠族姓。辨翁既仕中州，有田于叶，故今为叶人。初，辨翁尚小，自知求师，去从世父读书。登进士第，调泸川尉。盗杀人，而执舍旁子，掠服之。令谢病不敢予夺，君释之，而趣捕盗，出将刑者非真盗，已而果然。改秘书省著作佐郎、知五台山寺务司。五台供施倾天下，恶少年多窜僧籍中，上下囊橐为奸，号为不可措手。君摘其魁宿置于法，按簿书皆得名物。代州将防御使冯行已请为其府判官，会军兴，辟河东转运司勾当公事。方是时，部使者惧乏兴，皆须一调十，君请峻期会法而调以实，民用不扰。再迁太常博士，通判凤州。州久不治，君兴滞补败，宽而不弛，府库簿领，一二以名召之，郡以最闻。是时民冒茶禁，日或千人，至有贴妻卖子，入赏不足而系有司。君上其状，皆得释。然使者以为是沮吾法，迁通判凤翔府。君治民用法宽，治吏用法急，奸吏不能堪，乃以网目疏漏事讼君。会使者衔前沮法事，即恶奏，君坐停见任官。君方具本末求对狱，泾帅奏君前所坐非罪，乞以为佐，徙之泾。未几，卒于官。享年五十有七。初室冯氏，蓝田进士行敏女。继室张氏，寿光县君，冀国勤惠公女。三男子：孟峣夫，季易夫，皆有学行。仲浚夫，举进士，雄州防御推官、知秦州清水县。三女：嫁利州司法参军赵丕、西头供奉官冯维方、广济军司户参军王望之。君幼少重迟不戏，长而端方，论事取友，是是非非，不恤嫌怨。授《易》《春秋》于蜀人龙昌期，常称慕李栖筠之为人。人以为君庄重寡言，作文词务体要，断狱深原其情，抶治奸欺，豪吏夺气，言人之所不敢言，盖有赞皇之风云。君殁后十有六年，当绍圣四年冬某月某甲子，峣夫等乃克葬君于郏城之原，使来乞铭。铭曰：

韩迁井研，寝微以湮。厥有阴德，里中称仁。瓜绵于瓞，既硕其实。有斐辨翁，其音秩秩。自少为吏，慈哀于职。匪求生之，求得其直。论事计可，不随风波。有挫其锋，君益淬磨。以小观大，以近知远。不振不年，心亨事蹇。不羹之西，颍川之郏。卜宅固安，昌而后叶。

永安县君金氏墓志铭

夫人永安县君金氏，家番阳，故广东转运使、尚书度支郎中讳君卿之第二女，供备库副使、夔州兵马都监梁君在和之妻。夫人事继母以孝闻，事其姑如事其母。居家富贵，归梁君而安其贫。笃信释氏，诵其书，奉其戒律，年四十则扫除一室，谢梁君而斋居，杜多比丘尼以为难能也。平居笑语雍容，虽其所不怿，未尝见声气。对梁君如宾客，处姬妾如娣姒，抚诸子如己出。喜读书，善笔札，诸子皆受经于夫人，未尝从师。其子千之有学行，士大夫称焉。岁在乙亥，月仲冬，日某甲子，没于夔州官室。儿女姬妾，刲肉为祭，炼臂然顶，刺血书佛经者数人，其慈爱出于忠信可知也。六男子：长定之，三班借职；次千之、升之、亚之、精之、百之。四女皆在室。千之以汝南程旨味道状夫人内行来乞铭。味道立义不侵，少许可，非其实不传，故叙而铭之。铭曰：

猗欤夫人，在家怡怡，来归祁祁。女宗妇师，内外具宜。宾礼夫子，慈爱妾媵。退考于室，渊默清静。鸤鸠在桑，在梅在榛。怒之喜之，乳哺补纫。宴居不惰，文史翰墨。诸子执经，其音秩秩。衰门之女，夫人有之。兴门之男，千之似之。永安锡封，以夫介宠。千之方兴，尚贲其奎。

乌江画廊

谢张宽夫送椶栭颂

菜茹之品椶栭君，乖龙割耳鳖脱裙。张子羞我助
贫餐，桑鹅楮鸡不足云。曲肱一饱南风薰，万事于我
如浮云。

晋州州学斋堂铭（并序）

甥洪驹父主晋州学，作斋堂诸名。来乞铭，予老病不复能文，各作数语以劝学云。

驾说堂

仲尼之驾说矣，兹儒将复驾其所说乎！元元本本，大道甚夷。毋以曲学，诱诸子于亡羊之歧。

乐泮堂

思乐泮水，仁义之海。见贤思齐，闻过则改。

典学堂

立则参于前，坐则布于席。乐则诏于钟鼓，宴则列于饮食。谁能出不由户，而不终始典于学？

见尧堂

立则见尧于堂，寐则见尧于梦。道其常而因物之自然，是尧之日用。

稽古斋

学之求于先王，我占四方。维天有斗，执先王之道，以御今之有，是谓古人不朽。

缉熙斋

缉者丝治，熙者火治。维心之本光，作而悠远高明。盖养之以浩然之气，学之有缉熙圣功也哉。

渴日斋

学未竟，日西入。明追今，终弗及。

时术斋

禹初抚功，洪水滔国。作十三载，民降丘宅。君子观于蚁，而知学之可积。

敬业斋

慢游者日失一日，敬业者不速而疾。

尚友斋

今之君子，吾既与偕。昔者吾友，舜何人哉！

切偲斋

思而不学，无所于觉，故谓之殆。学而不思，崔苇不治，故谓之罔。切切偲偲，相劝以两。

游艺斋

色荒者使人跷跷，酒荒者使人漠漠。游于六艺之林，是谓名教之乐。

知困斋

知之曰知之，不知曰不知。虽圣人亦若是，其知者有轻千里而学之，其不知者有轻千里而告之。

优仕斋

君子无一日不学也，岂惟日哉，无一时不学也。岂惟时哉，无须臾不学也。学哉身哉，身哉学哉！

浮筠亭

丰肌秀骨，先后辈出。何其孺子也！解褓乐群，不舍昼夜。何其学士也！壮节臞躬，不知岁寒，何其丈夫也！

君子亭

君子藏器，待时盘桓。于不中也，反身自观。

曹伯达砚铭

巴东南浦巴子国，金崖之下有苍石。琢而成器受书滴，翰林主人子墨客。不鄙夷之与偃息，不离轻重与南北。重为轻为可戒德，曹氏父子百夫特。

卷四·题跋

砥柱铭卷后跋

魏公有爱君之仁，有责难之义，其智足以经世，其德足以服物，平生欣慕焉。时为好学者书之，忘其文之工拙，我但见其妩媚者也。吾友杨明叔知经术，能诗，喜属文，吏干公家如己事，持身清洁，不以谀言以奉于上智，亦不以骄慢以诳于下愚，可告以郑公之事业者也。或者谓：世道极颓，吾心如砥柱。夫世道交丧，若水上之浮沤，既不可以为人之师表，又不可以为人臣之佐，则砥柱之文座傍，并得两师焉。虽然，持砥柱之节以奉身，上智之所喜悦，下愚之所畏惧，明叔亦安能病此而改节哉。

书十劝七佛偈遗李夫人

予闻李元叔母夫人精勤佛事，春秋虽高，多蔬食以奉香火。故书傅大士《十劝七佛偈》劝之持诵，以开弥勒下生闻道之缘。绍圣二年二月乙未，荆南承天寺中书。

书自作草后

旧为陈诚老作此书，不知乃归杨广道已数年。余谪黔南，道出尉氏，广道持以相访，茫然似不出余手，梵志所谓"吾犹昔人非昔人"者邪！绍圣甲戌，在黄龙山中，忽得草书三昧，觉前所作太露芒角。若得明窗净几，笔墨调利，可作数千字不倦，但难得此时会尔。

书张仲谋诗集后

　　仲谋与余同在叶县，皆年少。然仲谋当官清慎，已有老成之风，相乐如弟兄也。此时仲谋刻意学作诗，去叶县后，三十年间，随禄东西，或不相见数岁，然每相见，仲谋诗句必进。今窜逐蛮夷中，而仲谋来守施州，所谓鼪鼯同游，蓬藋柱宇，而兄弟亲戚，馨欬其侧者也。又寄平生诗，使余评之。余观仲谋之诗，用意刻苦，故语清壮，持身岂弟，故声和平。作语多而知不雕为工，事久而知世间无巧。以此自成一家，可传也。

题古乐府后

　　古乐府有"巴东三峡巫峡长，猿鸣三声泪沾裳"，但以抑怨之音，和为数叠，惜其声今不传。余自荆州上峡，入黔中，备尝山川险阻，因作前二叠传与巴娘，令以《竹枝》歌之，前一叠可和云："鬼门关外莫言远，五十三驿是皇州。"后一叠可和云："鬼门关外莫惆怅，四海一家皆弟兄。"或各用四句，入《阳关》《小秦王》，亦可歌也。

书自草秋浦歌后

绍圣三年五月乙未，新开小轩，闻幽鸟相语，殊乐，戏作草，遂书彻李白《秋浦歌》十五篇。时小雨清润，十三日所移竹及田野中人致红蕉三十本，各已苏息。唯自篱外移橙一株著篱里，似无生意。盖十三日竹醉，而使橙亦醉，亦失其性矣。知命自黔江得一画眉，云颇能作杜鹃语，故携来。然置之摩围阁中，时时作百虫声，独不复作杜鹃语。为客谈此，客云："此岂羊公鹤之苗裔耶！"余少拟草书①，人多好之，惟钱穆父以为俗。初闻之不能不嫌，已而自观之，诚如钱公语，遂改度，稍去俗气，既而人多不好。老来渐懒慢，无复堪事。人或以旧时意来乞作草，语之以今已不成书，辄不听信。则为画满纸，虽不复入俗，亦不成书，使钱公见之，亦不知所以名之矣。摩围阁老人题。

---

① 编者注：此作有刻帖拓本见《黄庭坚黔州书法集》。其中"余少拟草书"一语，历来皆误作"秦少游学书"。

书博弈论后

涪翁放逐黔中，既无所用心，颇喜弈棋。绍圣四年八月丁未，偶开韦昭《博弈论》，读之喟然，以为真无益于事，诚陶桓公所谓牧猪奴戏耳，因自誓："不复弈棋！自今日以来，不信斯言，有如黔江云！"

阿依河

跋所书戏答陈元舆诗

　　绍圣三年九月壬寅，林表亭与东莱吕东玉对棋罢，眉山杨明叔作墨沈，请作大字，试舒城张真笔，烧烛寸余。摩围阁老人书。

书乐天忠州诗遗王圣徒

营丘王圣徒守忠州，其治民事如庖丁之解牛，其摘吏奸如痀偻之承蜩。故不几时，郡中无一事，颇以樽俎，求乐天平生行乐处，集歌舞醉其僚。予故书乐天忠州得意诗遗之，使知予欲粲然一笑于其间而不得也。绍圣三年十二月初七日，涪翁书。

金崖研作覆斗说

绍圣四年正月雨水，故人盖明仲守万州，为余斫金崖石作此研。坚润宜笔墨，而魁梧难为室，乃作覆斗，使之不尘。

书阴真君诗后

忠州丰都山仙都观朝金殿西壁，有天成四年人书阴真君诗三章。余同年许少张以为真汉人文章也。以予考之，信然。因试生笔，偶得佳纸，为钞此诗，以与王泸州补之之季子。观阴君所学，守尸法耳，犹须择师勤苦如是，乃能得之。何况千载之后，尚友古人，求知道德之主宰者乎！绍圣四年四月丙午，黔中禅月楼中书。

题石供奉金神像

　　道家所言太白真官，儒者谓之蓐收。昔虢公梦在庙，有神人面、白毛、虎爪，执钺立于西阿，召太史嚚占之，曰："如君之言，则蓐收也，天之刑神也。"昔吴生画鬼神，皆仿佛传记，兼能万物之性，是以落笔而妙天下。自孙知微父子、丘文播甥舅、石格、邓隐皆祖宗之，是以能超俗而名家。今乃作金神之象如此，余之不知其说也。虽然，盖无形应物成象，所谓无形者，非无形也，无常形也。然则应物而神，唯识而已。自求多福，自种自收，我心则神也。涪翁题。

题王右军书迹后

右军《月半帖》，褚爱州所论序也。《橘帖》，余曩在都，见数家有此墨本，或肥或瘦，真伪不可知，要皆有数笔佳，可爱。韦苏州诗云："怜君卧病思新橘，试摘才酸亦未黄。书后欲题三百颗，洞庭须待满林霜。"盖取诸此。

巴峡士大夫旧无书种，多不善书。南宾太守王圣涂有此墨迹，摹刻州学中。它日后进有能书者，当推此书为种。

书自作草后

余寓居开元寺之怡偲堂，坐见江山，每于此中作草，似得江山之助。然颠长史、狂僧皆倚酒而通神入妙，余不饮酒，忽十五年，虽欲善其事，而器不利，行笔处时时蹇蹶，计遂不得复如醉时书也。顾况《咏白发出嫁宫人》云：“准拟人看似旧时。”山谷草书无乃似之。

书郭伋杜诗传后①

彭水令田师敏下车未能一月，余观其规摹，必将惠及鳏寡。因其乞书，书此二良吏传赠之。今人常恨古人不可见，古人所行，皆不远于人情，今人可及也，顾当少加意耳。苟能师用贤智，为民兴利除害，恭俭忠信，则细侯君公②在吾眼中矣。此书不数年，已传三主，而为杨君照所有。杨君云，其伯氏欲取入石，恨此书未工耳。某题。

---

① 郭伋、杜诗皆人名，《郭伋传》《杜诗传》见《后汉书》。
② 细侯，郭伋之字；君公，杜诗之字。

蚩尤九黎城：九道门

送曹黔守致语

赏心乐事，是难逢易失之时；临水登山，有送远将归之恨。式陈笾豆，侑以管弦。恭惟知府供备，诗礼家风，韬钤将略。去天尺五，早瞻列戟之荣；赋茅朝三，未极清班之贵。奉赐得犬戎之要领，防秋倾虎士之腹心。三代治兵，不犯道家之忌；一麾出守，遂兼循吏之名。投壶雅歌，以安黔内郡县；轻裘缓带，以宴幕府宾僚。既报政成，方荣归觐。通直阖郡文武，念甘棠之勿翦，惜骊驹之在门。旨酒嘉殽，永清欢于今日；锵金戛玉，深怨曲于阳关。某等云云。

题牧护歌后

　　向尝问南方衲子云："《牧护歌》是何等语?"皆不能说。后见刘梦得作夔州刺史时乐府有《牧护歌》，似是赛神曲，亦不可解。及在黔中，闻赛神者夜歌，乃云"听说侬家牧护"，末云"奠酒烧钱归去"。虽长短不同，要皆自叙致五七十语。乃知苏傒嘉州人，故作此歌，学巴人曲，犹石头学魏伯阳作《参同契》也。

书临写兰亭后

刘退夫作研屏，求乞小字，试为临写《兰亭》，真成丑女捧心，但使人捧腹耳。绍圣四年十一月乙卯，摩围阁中书。

跋秦氏所置法帖

　　巴蜀自古多奇士，学问文章，德慧权略，落落可称道者，两汉以来盖多，而独不闻解书。至于诸葛孔明，拔用全蜀之士，略无遗材，亦不闻以善书名世者。此时方右武，人不得雍容笔研，亦无足怪。唐承晋宋之俗，君臣相与论书以为能事，比前世为甚盛，亦不闻蜀人有善书者，何哉？东坡居士出于眉山，震辉中州，蔚为翰墨之冠。于是两川稍稍能书，然其风流不被于巴东。黔安又斗绝入蛮夷中，颇有以武功显者，天下一统盖百余年，而文士终不竞。黔人秦子明，魁梧，喜攻伐，其自许不肯出赵国珍下，不可谓黔中无奇士也。子明常以里中儿不能书为病，其将兵于长沙也，买石摹刻长沙僧宝月古法帖十卷，谋舟载入黔中，壁之黔江之绍圣院，将以惊动里中子弟耳目：它日有以书显者，盖自我发之。予观子明欲变里中之俗，其意甚美，书字盖其小小者耳。它日当买国子监书，使子弟之学务实求是，置大经论，使桑门道人皆知经禅，则风俗以道术为根源，其波澜枝叶乃有所依而建立。古之能书者多矣，磨灭不可胜纪，其传者必有大过于人者耳。子明名世章，今为左藏库副使、东南第八将，绍圣院者，子明以军功得请于朝，为阵亡战士追福所作佛祠也。刻石者潭人汤正臣，父子皆善摹刻，得于手而应于心，近古人用笔意云。

书枯木道人赋后

南充李长倩，骨清而气秀，是台阁中人也。于世俗事，窥其藩而不入、据其鼎而不尝也。其于儒学，必将升其堂而哜其胾者也。长倩之参军事于黔中也，会余以罪窜逐在此，其相见，如兄弟亲戚之謦欬其侧者也。然公庭以簿书期会为见功，林下以草木蒙密为得计，其势常离而不合。相从之日少，其间相从而相语又希矣，于其解官而西也慨然。余病不能作诗已十年矣，故书余与子瞻曩所作赋以赠别。

黔州报恩寺街题字

涪翁晚策杖至此观江涨，雨余天欲晴。

黔州题名

杨皓明叔、任栠子修自城西来，会于石间。涪翁题。

卷五·书信（一）

与简夫宫教简

　　庭坚顿首。待罪陈留，数得与君子游，荷恩意千万，甚忘逆旅行。

　　日欲作记奉别，宾客晨夜相及，遂不果。然念念不忘也。即日春寒，不审孝履何如？伏惟几筵之奉以时，诸令弟服次安稳。相望遂数千里，临书但有怅仰。千万珍重，谨勒手状。正月二十日，庭坚再拜上简夫宫教朝散大孝。

谪赴黔州时家书

天民、知命、大主簿：霜寒，想八嫂安裕，九奶、四奶、大新妇、普姐、师哥、四娘、五娘、六郎、四十、明儿、九娘、十娘、张九、咩儿、韩十、小韩、曾儿、湖儿、井儿各安乐。过江来，甚思汝等，寂寞且耐烦。不须忧路上，路上甚安稳，但所经州郡多故旧，须为酒食留连尔。家中上下，凡事切且和顺。三人轮管家事，勿废规矩。三学生不要令推病在家，依时节送饭，及取归书院常整龊，文字勿借出也。知命且掉下泼药草，读书看经，求清静之乐为上。大主簿读《汉书》必有功矣。十月十四日立报。诸奶子以下，各小心照管孩儿门，莫作炒，切切。

与晦之使君简

　　庭坚再拜启：去岁以史事待罪陈留，乃闻先公朝议弃养，公委兴化归在丧次，方报应史事，不能即奉疏。南还及此，承已祥练。日月川流，追慕无冀，伏惟几筵之奉，痛割如新。奈何奈何！庭坚去国累年，素冠未几，毁瘠余生，殆无人理。又得罪远窜，颠倒病瘁，不胜衣冠，无缘一诣服舍。谨奉疏承动静，笔墨不能万一。庭坚再拜上晦之使君大夫大孝。

与张叔和通判

知命七月半离芜湖，今已百余日，都不得一字。然苏伯固备尝险阻艰难，必能调护诸儿，令得所。又张遇得力，遂不复置念，计止是处处阻风尔。元明到彼，必不能久留，且能道黔中曲折，永嘉及二十二可以放心也。九十三外甥多谢频寄书，不怪老舅慵懒不答书否？所问黔中画，极可笑，僧舍塑象及壁画，皆似此山中人物，作蓲苣之态，虽往在端、康间，风俗亦不陋于此也。但比施、夔间，却多瓦屋。梗楠豫章，千尺之材，倒卧涧壑，与岁月共尽，盖绝无工匠到此。修数间屋，百方搜访，方得完葺也。更深夜静，共伊商量如何？某上。

答宋子茂

　　顿首。去北都，于今垂二十年，不复知行李所在。忽得所惠书，乃知官守在泸南。仕宦间关，远去乡里，度亦以吾主人高明可依也。观书词叙述，知不废名教，甚善甚善！知命前往涪陵视嗣直舍弟，近方略到家，犹能道碑楼下相从也。非熊不幸早世，嗣续不立，此心不可言也。因来书语及，怆然久之。某老矣，虚中馈已十八年，小子相今十四，并其所生母在此。知命亦将一妾一子相同来，今夏又得一男子曰小牛。相及小牛颇丰厚，粗慰眼前。略治生，亦粗过。买地畦菜，开轩艺竹，水滨林下，万事忘矣。无缘会面，千万进学勉官业。

答黎晦叔

某顿首：承寄惠长韵诗，去年三月中到涪陵乃得之，词意高妙，气极老成，叹服无已。惟所以待不肖于古人，则极不敢当。贾谊有王佐之材，而不能尽其蕴；李白歌诗度越六代，与汉魏乐府争衡，岂不肖之所敢望？若不肖者，犹未弃衣冠一老僧，安能有益万分？又自元祐中，以病疟不能苦思，遂不作诗，无以报来贶，但珍藏耳。文长院诸表甥为致问千万。适有亲旧相过，连日苦人事，来人督书甚急，作记极草草。

答黎熯晦叔书

精一之说，笔下未能尽。试熟思之，日用应世务者，是精是粗，为一为二，便可得之。若要作记，俟他日从容。适有少人事窘迫，又作南方数处书，故未暇耳。

答黎晦叔暹

顿首。自顷数辱惠书，大概三四拜赐，乃办一报。足下不倦益勤，惟好学求友之心不愧古人。顾不肖捐弃漂没，来御魑魅，不得复齿于士大夫之列，足下何求而勤若是？自视歉然，愧不自胜也。人来，复奉手诲勤恳，喜承履春安胜，良慰怀仰。山川悠远，瞻对无阶，千万强学珍重。

与味道明府简

　　庭坚拜手启：宋宣德、崔主簿来，两辱赐书，恩意勤重，感服无以为喻。闻邑廷清净，宴处自得，良慰怀仰。承当以七月解印，代者已至秭归，遂有音问县绝之期，良耿耿。濒江诸郡有可权入者，能屈就耶？若尔，尚得声气相依耳。庭坚治生既略可过，杖藜草履，林下与老农渔父游矣。元明数得书，坐不避事之故，身兼数器，殊尽瘁也。知命三月初即挟雌将雏过涪陵视嗣直，亦以弟妇临蓐，若多出山中，恐失调护故耳。然闰月末，靳妇得男儿不育，产母死中得生，至今未知得安全否。小子相稍读书，成伦序，但义理之性不发，亦且听之。无缘参对，凭书增情，谨附承动静。三月二十五日，庭坚再拜味道明府仁友。

与宜春朱和叔书（二首）

承颇留意于学书，修身治经之余，诚胜他习。然敦厚劝戒，以防患洗心。平生未尝得侍，而情如骨肉，他日深念之，何以得此于左右？岂君子于人，望其表而识其里，真以为可教耶？窃佩服苦口之规，于今不忘。日者又蒙赐教，笺敬累幅，且名以师保，内讼缺然，尤不敢当。多病昏塞，眼前记一忘十，以是不通书于几下，又阅岁矣。伏惟君子尽人之情，知四罪之地，无嫚人之嫌。谨附承动静，且谢不敏，谨状。四月日，谪授涪州别驾黄某状上。

二

　　某顿首。荆州士大夫之渊薮，想多得佳士与游，诸令弟讲学有日新之功。边鄙肃清，外台宴安，伏惟簿领不至劳勤，扬清激浊，于使者日有裨益。某待罪于此，谢病杜门，粗营数口衣食，使不至寒饥，买地畦菜，已为黔中老农耳。闲居不欲数与公家相关，故不复借书吏作笺记，但以手书上答，不审能照察此情否？悚仄悚仄！衰老多病，亦不能固封，惟痛察。

蚩尤九黎城：九黎神柱和九黎宫

与唐彦道书（二首）

一

某罪逆余生，苟活不死，湮伏田里，旷绝人事，初不知长者近在邻州，不获修记承问。忽辱坠教，恩意勤恳。承宴居仁里将十年，眉寿康强，知止之风，有激贪懦，老成之化，功在后进，曷胜钦叹。即日天气暄暖，伏惟体力轻安，水滨林下，不资扶持。数舍相望，无缘承教，临书增情，谨奉手状候起居。伏冀若时自寿，以福远亲。

二

　　某顿首。放逐之迹，人所贱鄙。道出荆州，就亲旧少留汤沐，乃辱长者敦妇家瓜葛之义，顾盼甚勤，赆行祖送，恩意不倦，中心藏之，不可弭忘。到黔中来，得破寺堧地，自经营，筑室以居，岁余拮据，乃蔽风雨，又稍葺数口饱暖之资，买地畦菜，二年始息肩，以是至今不以书达斋几。惟君子隐居就闲，亦简人事，足以照察此心矣。某既苦脚气，不便拜趋，因杜门已数月。虽须白面皱，尚能斋粥如曩时，惟怀仰风味则勤尔，因人附承动静。

答唐彦道（三首）

蒙惠示旧文一编，三复增叹，词意迈俗，逃空虚藜藋而知有宠珍，少加琢磨，当不愧元次山矣。然以笺敬坠赐，非敢承，白首懿亲，何以方复如此？尔后但得惠赐手笔数字足矣，幸蒙痛察。

二

某壅蔽蠢愚，捐弃漂没，未尝得望幕下之履，惟是事贤之心，何日不勤惓惓。且因将命自致，谨奉状。

三

比因三家作酒皆美，以饮客，因作三颂，谩往，一笑。有《金桃》《棕料》二颂，热倦未暇录也。王广道有举业，言行有常，可喜人也。言欲游富义，谒入关赍，欲倚公一言为重，如何？

答李材书

　　某顿首启：顷辱惠书勤恳。闲居多病，人事废绝。遇风日晴暖，从门生、儿侄，扶杖逍遥林麓水泉之间，忽不知日月之成岁，以是久不报书。专人来，又蒙笺记累纸，存问益勤。伏承偃息田里，侍奉吉庆，乡邻父兄，鸡酒日至，何慰如之！今岁黔中霜雪早寒，数日来，雪欲及摩围之麓，不肖到黔中三年，所未有也。不审南充冬候何如？此方旧同僚，惟吕东玉在，亦逼代矣。守倅见不数，然意乃郑重，皆清慎不扰，不易得也。某杜门终岁，益觉清净，时苦门生抱经来咨问，尚俗气未除耳。范公去已十月，不得音问。此闻为凌云疏请，或被逼，往往复来此也。窜逐之余，枯木寒灰，未委沟壑，无阶会集，惟有驰情。千万进学畜德，以须升用，使二亲身见之。

答李材

　　某再拜：早闻被选考试，如公清慎好学，上司采听，诚不缪矣。以嫌不敢奉谒，方欲作启问行李早晚，遽辱赐教，开谕勤恳，感愧感愧！不肖曩时以虚名屡当此责，尝闻诸先生长者，以为考试以至公慎密为主，以礼待士为次。所出题虽自有意义，亦不必纯取合己意者，或其人说长，或理不足而文词胜皆可取也。既而用之，人多以为然。昨闻上司甚病士人以行贿成俗，极欲革此弊，恐举子道中投谒，至于僧道术士皆当避之耳。公冰清玉洁，更及此者，交游之情不能已尔。尊夫人左右、想侍奉不阙，或须药饵，告令人示谕。某再拜。

与太虚

某顿首。屏弃不毛之乡以御魑魅，耳目昏塞，旧学废忘，直是黔中一老农耳。足下何所取重，而赐之书？陈义甚高，犹河汉而无极，皆非不肖之所敢承。古之人不得躬行于高明之势，则心亨于寂寞之宅；功名之途不能使万夫举首，则言行之实必能与日月争光。卧云轩中主人，盖以此傲睨一世耶！先达有言"老去自怜心尚在"者，若庭坚则枯木寒灰，心亦不在矣。足下富于春秋，才有余地，使有力者能挽而致之通津，恐不当但托之空言而已。无缘承教，以开固陋，因来有所述作，幸能寄惠。灌园之余，尚须呻吟，以慰衰疾。谨勒手状。

与洪甥驹父书（二首）

一

驹父外甥：昨得书，见笔札已眼明，及见诗，叹息弥日，不谓便能入律如此，可谓江南泽中产此千里驹也。然望甥不以今所能者骄稚人，而思不如舜、禹、颜渊。禹七年三过其门而不入，观《禹贡》之书，厥功茂矣，然而终不伐，此必有长处。寡怨寡言，是为进德之阶。千万留意，犹望官下勤劳俗事勿懒。古人之言，犹钩其深，彼俗吏事，聪明者少加意即当书最。既以立家为事，荣及手足为心，当念如此。夜二十刻，许大郎来，言黄人不肯留，呼灯作此，极草草，续别为问。九舅白。

二

鸿父不果别作书，凡欲与二甥道者，意不殊也。往日所作玉父《倦壳轩诗》，极知不负老舅所期。既食贫，不免仕宦，古人所谓"一人乘车，三人缓带"，此亦不可不勉。赋自是中郎父子旧业，更须留意作五言六韵诗，若能此物，取青紫如拾芥耳。老舅往尝作六七篇，曾见之否？或未有，当谩寄。大体作省题诗，尤当用老杜句法，若有鼻孔者，便知是好诗也。二何常相见否？为致意。寄蜀纸、茶托，多谢，何须为尔！乌田马牙一百，谩寄。书大字，悬手书，勿令敧斜失威仪乃佳耳。

前日承惠帖

庭坚顿首，前日承惠访，以入局不得款语。初不知遂成行也，不审几日定上道？希口谕。向承须作彦和墓刻，久未下笔，亦欲面议。不知今止作墓碣，为是作志也？所留纸涩滞，写不行，今纳上。却别书十纸去。未行，更一顾为佳。庭坚顿首，司法仁弟。

答王补之书

庭坚再拜补之使君阁下：治平中在场屋间，尝与李师载兄弟游，因熟知阁下才德。此时方以见闻寡浅，日夜刻意读书，未尝接人事，故不得望颜色。其后从仕东西，忧患潦倒，每见师载，犹能道补之出处。今者不肖得罪简牍，弃绝明时，万死投荒，一身吊影，不复齿于士大夫矣。所以虽闻阁下近在泸南，而不敢通书。忽蒙赐教，礼盛而使勤，词恭而意笃，所以奉王公大人者，投之御魑魅苟活人之前，始惧而不敢当，读之赧然。惟是先公全州之政，名实相权，重以李诚之所论撰，可信不疑。顾流人罪垢不可洗湔，虽强颜称述，但污辱先公耳。惟阁下文武不疚，治边郡有声，是将震耀功伐，自昭于青云之上，以笃前人之烈，且当属之王公大人得意之士，而自贬损，托名于不肖，何哉？在中朝时，挟文章、有名誉、居庭坚之右者甚众，阁下不取诸彼而取诸此，何好恶酸咸，与时异哉？

平居其言不见信于人，况于罪戾有言不信之时，阁下何取焉？加以忧患之余，神明去干，旧所记书，昏忘略尽，穷乡又无书史可备寻绎，提笔临纸，茫然不知所云。而辱诿托丁宁，期于必得，勉辄承命，书其大略。言语昧陋，安能增光辉万一，以慰孝子之思，以满全人之意？遽授来使，病于夏畦。庭坚再拜。

与王泸州书（十七首）

一

　　某再拜启：春气暄暖，不审尊候何如？伏惟文经武略，燕及夷夏，樽俎折冲，百福所会。顷蒙寓递赐书，勤恳千万，匆匆未果驰状。巡教使臣到城，复拜教墨，仰荷眷怜之无已。审闻左右动静，良慰怀仰。某弃捐漂没，不当行李，无缘瞻望旌麾，伏祈为国自重。谨勒手状，附承起居。谨状。

二

先公潜德之光，虽未显于中朝，而清湘之民传世奉祠，此非人力所能致也。托于不肖之文，曾不足以发挥万一。过蒙称谢，愧不可言。谨奉来谕，改定数字，大书并作碑额。衰惫，勉为之，殊不足观，不知堪入石否，更冀裁酌。

三

庭坚再拜启：程三班回，奉状，当已彻听下。即旦夏气烦郁，不审贵州风土寒燠何如？伏惟投壶雅歌，蛮夏安业，卧阁宴闲，百福所集。某潜伏藜藿之间，亦粗能经理衣食之资。舍弟远挈小子并渠一子一妾来相与处，亦慰眼前，余无足道者。匏系穷山，无阶承教，惟有驰情。谨附承动静，谨勒手状。五月日，责授涪州别驾、黔州安置黄庭坚状上补之安抚太傅阁下。

四

庭坚再拜。杨三班来，问得左右动静甚详，承宴处深密，虏在目中，无不安帖，良慰怀仰。闻泸南山川清秀，颇得寮佐相与登临宴乐之否？无缘相从一笑，愿时览经方，尽卫生之理，以须升用。庭坚再拜。

五

奉披手诲，勤恳千万。伏承尊俎折冲，夷夏安乐。诏命优渥，拜真二千石，未即召还，以慰远民愿借使君之情。伏想制书已下，公私相庆。无缘言面，远同欢慰耳。即日霜寒，不审尊候何如？愿加珍啬，以须不次之宠。谨勒手状。

六

庭坚再拜启：前蒙附郭殿直所赐书，并得蛮弓弢作卧茵，及余甘二种，即作书附江安尉李偁道谢，并致双井去，不审已彻左右否？郭殿直近方到此，问得动静甚悉，以慰怀仰。即日春寒，不审尊候何如？伏惟卧阁宴安，折冲千里之外，夷夏无不得其职，明神扶佑，百福所会。令嗣及解元想数得安问。闻两令郎尤淳谨，喜读书，此亦长年可喜事也。前守曹供备已解官去，新守高羽左藏，旦之弟也。老练廉勤，往亦久在场屋，不易得也。虽闲居，与郡中不相关，亦托庇焉。某比苦脚气，时作头眩，胫中痛，虽不妨寝饭，亦是老态渐出。因自杜门，不复与人间庆吊相接，林下唯与二三道人共斋粥，似差胜。舍弟儿侄辈不窘衣食，便是了一生，无足贻念。无缘参承，千万为国自重。谨勒手状。正月十二日，庭坚再拜补之安抚团练阁下。

七

庭坚顿首再拜补之安抚团练阁下：初夏霪雨，寒燠无节，不审贵州气候何如？伏惟美政在人，夷夏蒙福，六物时序，禾麦茂好，斋阁清净，起居轻安。张侍禁来，蒙赐书勤恳，并问得张侍禁即日动静曲折，甚慰怀仰。无缘参候，凭书增叹，谨勒手状。四月日，责授涪州别驾黄庭坚状上补之安抚团练阁下。

八

夏气暄浊，不审尊候何如？伏想尊俎折冲，蛮夏安业，斋阁豫暇，亦有文史之乐。扈县时得安问，先辈几时可到侍旁？季子讲学，有日新之功。近巡教张侍禁回，上状，并漫送施黔茶，当已彻听下。某春来啖苦笋多，乃苦心痛，殊恶，虽进极温燥药得无恙，然遂不能多饮茗，亦殊损减人光彩。王子敬所谓都不复得小失和，亦不复得妄近生冷，体气顿至此，令人绝叹者也。舍弟知命将其雏往视涪尉未还。不肖既不复出门，饥饱寝处，颇得自遂。无缘瞻奉，临书增怀。谨奉状。

九

拜手启。某弃捐漂没，早衰多病，杜门不与人事之日久矣，不能承动静，缺然累月，引领旌旆，何日不勤。郑殿直来，蒙赐教勤恳，感慰无量。黔中霜雪早寒，伏想治所山川气候不甚相远，即日不审尊候何如？窃惟投壶雅歌，夷夏妥帖，斋中时有宴会，以谢江山，饮食起居当更胜健。西师在行，折冲之地，方顾人材之不足，度高材密画，岂能久淹留于此？某已成老农，畦种摩围之下，粗给衣食。无缘瞻望，临书增情，伏祈为国自爱，以须诏用。谨勒手状。

十

别来虽累月，自以罪戾不复可湔袯，所过人视之，唯恐为渠作祟，故虽平居亲爱能忘其不肖者，亦不敢以书通。如长者之庭，则未尝一向往也。乃蒙九月十日赐教，存问勤恳，感慰无量。无缘瞻望，临书驰情，千万伏祈为国自重，以须进用。

十一

庭坚再拜。不闻嗣音忽逾月，区区唯有怀仰。即日天气亦小寒，不审尊候何如？伏惟慈惠浃于民，上下爱敬，府中无讼，斋阁但文史歌舞之乐，家庭诗礼，雍雍肃肃，神之听之，百福所会。某衰疾不损，杜门似有味。万事随缘，亦忘衣食之丰约。小儿辈稍知读书，有两道人于此同斋粥耳。有乡人邹好先者，以鬼谷五命游两川旧矣，云有缘事至治下，故辄附手状承动静。十一月初六日，庭坚再拜上补之安抚团练阁下。

十二

再拜。表弟盛推官来，蒙赐教勤恳，敬佩玉音，无有厌斁。审即日百福之会。神明所相，寝食具宜，良慰瞻仰。传闻进官再任之命已下，伏惟欢庆。不唯夷夏之民安乐中和之政，歌舞于下，小人亦得以声影相依，实自慰也。小人于此一亩之舍，松竹深茂，得以自藏，死生之故，付之造物，更无他缘。顾无阶朝夕承教为恨耳。瞻望数舍，临书增情，伏祈为国自重。谨附承动静。

十三

顿首再拜。奉三月朔教，存问勤恳，忽病臂痛月余，未能上报。家弟来归，又奉四月十三日所赐书，荷眷怜之意无已。自顾衰疾，无所堪任，何以承此嘉德？惟高明岂弟，能厚往而不冀其来，轨量固如此耳。虽无前人风鉴之万一，未尝不深叹伏也。夏气蕴浊，即日不审尊候何如？伏祈为国自珍，以须不次之召。谨状。

十四

皇恐。秋暑方作，旱灾焚惔，甚可畏，不审比来寝膳何似？《兰亭》诗偶写得，但挥汗临纸研，殊不能工耳。盛推不幸至于此，其家倚盛德之荫，如震风凌雨之得广厦也。然调护之功未毕，迫公治行，不识诸幼皆得理所否？人生危脆如此，以此观，不安分而多歧治生，求与造物者争功，岂不大惑耶？施黔作研膏茶，亦可饮，谩往数种，幸一碾试，垂谕如何？江安尉李偁触事机警，若以道御之，可令办事，伏望照察。

十五

　　家园新芽似胜常年，辄往四种，皆可饮，但不知有佳石硙否？石硙须洗，令无他茶气，风日极干之。牙子以疏布净揉，去白毛乃入硙，少下而急转，如旋风落雪，方得所。大率建溪令汤熟，双井宜嫩也。

十六

补之知府安抚团练老兄阁下：秋暑，即日不审尊候何如？伏惟以义自将，夷险一致，饮食起居，有神相之。承忽被旨罢泸州，所处僻左，未知其详审尔。计即东去，此在庸庸之情，戚嗟若不可终日。顷窃观气质仁厚，神宇深静，事君之大节，可与冰雪争明，北叟之所以观倚。伏惟明公胸中落落，故不复为忧之耳。惟是无阶参侍，不胜驰情，谨承动静。谨状。

十七

承欲渐解舟至王市治行，盛暑，良不易。闻抚句厅亦可少驻使节，若俟治舟略有伦序，放船就江津以待江水，似佳。闻老兄囊中亦不丰，然随缘以为日用，岂有阙耶？子侄皆贤，想处之裕如也。闻命之初，贤愚无不动心，以为老兄何以处之？独不肖以为不然。夫物之成坏相寻，如岁之寒暑。有人喜寒而恶暑，世必以为狂疾；人至于乐成而忧坏，则谓之有智，可不可乎？老兄鉴此必有余，不能忘情，故及之耳。

答泸州安抚王补之（十四首）

一

天气差凉，即日不审尊候何似？伏惟樽俎折冲。蛮夷安业，百福所会，有神相之。江山之胜，想僚佐多佳士，有以宴乐之。某忧患之余，癯瘠未复，须发半白，学问之气衰苶。惟是自断才力，百无所堪，已成铁人石心，亦无儿女之恋矣。无缘言面一笑，聊因笔墨，以通倾倒之意。守倅皆中朝士人，相待甚厚，为幸不细也。存问勤笃，故觍缕及此。

二

谪官寒冷，人皆掉臂而不顾，乃蒙遣使赐书存问，勤勤恼恼，恩意千万，感激无以为喻。俸余为赐甚惠厚，颇助衣食之源。但愧拙于谋生，一失官财，以口腹累人，愧不可言。某兄弟同庖盖四十口，得罪以来，势不可扶携，皆寓太平州之芜湖县，粗营柴米之资，令可卒岁。乃来伯氏授越州司理，小侄朴授杭州盐官尉，皆腊月阙，可分骨肉相养也。某比茸江滨一舍，粗可御寒暑，已分长为黔州民矣。长者末归朝廷，自此时可修问。谨奉手状，不能万一。

三

黔守曹伯达，虽戚里子弟，文雅有余，远蒙采听推荐，不肖实与受赐，传君春首必蒙湔拂。黔州监押刘荐，本儒家子，廉节而晓事，闻左右亦知其为人也。师载困于箪瓢，承恻然念之，仰见不忘平生之义，古人所谓"觞饮不及壶飧"，要及其倒悬时耳。舍弟挈儿子来，得到荆南书，言非久亦来。伯氏及诸弟各已赴任。蒙恤问，故及之。

四

庭坚再拜。扈县想时得安问。见省榜，得第二郎君姓名，奉助欢喜。此犹未见赐第之书，度必取巍科也。季子学问必有日新之功，想更激发。示喻唐道人称述小子人物，愧悚愧悚！小子相今年十四，骨气差庞厚，读书不甚费人鞭策，但义理之性不甚发耳。过荷齿记，故具之。庭坚顿首。

五

都监刘君于此相从，在公家相调护，始终不倦。承冰鉴照远，获预荐章，不肖实亦受赐，庭坚再拜。

六

伏辱不忘，弓弢为野人床敷之具，荜门圭窦，灿然增辉。干余甘殊佳，生者悉已败，甚惜之。他日或见赐告，止付江安尉，说与调护之法甚详，拜托渠作数字，附客舟到涪陵尉舍弟叔向处，得不坏，时与林下道人煮茶，乃是要物。某自夏中得舍弟携儿侄至此，生生之具不乏矣。过蒙恤问，钦佩至意。

七

庭坚再拜。昨承拜命，为夷夏借留明使君，尝具手启，道忻庆之意矣。闻体力轻安，须鬓殊未白，此大庆也。某受性早衰，已成一翁，尚能饭食。无缘言面，临书增情，庭坚再拜。

八

施南守张仲谋，蒙论荐甚厚。其人有智虑，与人不忘久要。九月初遂不禄，三十年交旧，为之痛心累日。幸其子好学有立，扶护东归矣。黔中守高彦修，清慎不扰，少时尝应数举，自保州都监得此差遣，亦蒙湔拂，并见别纸。亦归之不肖，殊荷眷与之意。

九

宋诜者，旧在北都，尝与不肖经席，不见甚久，意其可教，想于左右有夤缘，乃得备使令耳。刘公敏蒙挂齿牙，幸甚幸甚。郑宣到黔中，独以不贿，诚终此节，官职当称其姿相也。既不贿，又不生梗，想可备驱策。

十

寄余甘、荔子，极荷远意之重。甘虽微损，到黔中分诸僚，皆尚有味，有数子未尝识其生者，甚以为珍也。荔子虽肉薄，甘味亦胜黔中。细事恩高明，辱垂意周旋，曷胜感愧。双井今年似火齐太熟，味差厚，谩分上，来远不能多也。砲之法，皆择去茶花及小黄叶，以微润布巾搵去白毛，略焙之乃砲，其出砲如面如雪乃佳耳。大率建溪汤欲极滚，双井则用才沸汤，治择如法，则不复色青味涩。

十一

　　知命舍弟昨过涪陵官所，流连十余月，所将侍童遂生男，名小牛，近方挈归。小牛白晰魁岸，含饴弄稚子，亦可忘老。小子相年十四，小字四十，颇庞厚，不辍读书，但义理之性未甚发。数蒙齿记，故具之。

十二

庭坚再拜。庭坚昨于鱼洞僦一大船至戎，舟行不甚觉暑气。至此无可以累左右者，所干止于薪菜鱼肉，舟中人自可办也。但欲僦一闲寂僧舍中沐浴，并治二三种汤药，备小儿辈乍到僰道，或不能其水土耳。比闻雷州行遣，虽不深知其故，要当相与淡淡，于义乃安。庭坚再拜手状上安抚团练阁下。

十三

庭坚再拜启。钦想风流有日，邂逅获奉绪余，少慰向往。不肖放荡林泉间，已成寒灰槁木，尚蒙长者过当爱护，使立于无悔之地，敬佩嘉德，无以为喻。重辱手教，存问勤恳，感激感激！区区来日遂行，无缘瞻望，唯冀为国自重，以须升用。庭坚再拜上补之安抚团练老兄阁下。

十四

黔州监押陈杰供奉，谨于法律而干敏晓事。有子年十五，俊秀强学，在侪辈中千人之一也，或有驱策之地，愿少垂意。双井今岁制作似胜常年，今分上白芽等各五囊，虽在社后数日，味殊胜也。磨时须洗去旧茶晒干，乃不败其香味。惩江安之水败，故以陶器往，到便可略见火也。

蚩尤九黎城：九黎神柱和蚩尤大殿

与王补之安抚简（七首）

一

　　庭坚再拜。今春黔中乃见积雪，天气亦大寒，不审贵部气候何如？去年黔中荔子差胜前年，但不可作腊。闻泸、戎荔子白晒乃佳，是否开元中入贡，盖用泸、戎也？庭坚再拜。

二

　　庭坚再拜启：昨郑殿直回，附状，并以双井分上，不审已彻戏下否？今岁黔中霜雪早寒，以至穷腊，少复晴日，不识贵部气候何如？伏惟投壶雅歌，夷夏安帖，樽俎之间，多得佳士，宴饮之余，颇复阅今古以为乐。亦闻须鬓不白，饮食类少壮，此耆艾之福也。庭坚顷者毁瘠墓次，已成斑白，窜逐以来，与忧俱生，不复耐寒暑，粗可倚者，老饕耳。扈县想数得安问。秘校般挈归，未在旁，子舍学问当有日新之功。无缘瞻望，岁穷春作，怀仰何日不勤。伏祈为国自重，以须升擢。十二月二十二日，庭坚再拜上补之安抚团练老兄阁下。

三

庭坚再拜。不敢数通书，恐谪籍之尘或玷污清望，伏想深察也。刘公敏殿直昨蒙别纸，有顾昐之意，幸甚。此人干办明了，他日见之可悉。其存心甚美，俸钱尽割在荆州奉继母，守淡薄而勤官，殊不易得。比漕台欲荐监渝州税，渠以非所欲，未敢供愿状。窃闻贵部新五寨皆是举差，愿得一蒙驱策，不审可收置门下否？渠涪州来夏当满，而渝州阙乃是来年二月，故急迫干叩耳。此人既是公家所须人，兄弟与之好，故敢率易如此。庭坚再拜。

蕃弓袋因人回，更丐一枚，欲作琴弢耳。恩烦不一，悚仄悚仄！庭坚再拜。

四

庭坚顿首。损俸余出于至意，不敢有所择；然公长者，赒给中外，用处博矣，复以见及，只增愧耳。子舍诸郎皆有英气，他日老夫或有托焉，恨不款曲相语也。小子相骏未有知，不敢令参侍，乃蒙齿记，感愧感愧！庭坚再拜。

五

庭坚再拜。比想气体益康强，尚能剧饮否？愿勤卫生之经，以须不次之用。庭坚再拜。

六

庭坚顿首。扈县想常得安问，子飞兄弟讲学当有日新之功。舍弟云，十月初一日，王庭秀才船溯流西来，殊不得近音，若至治部，幸为趣其行李也。庭坚再拜。

七

余甘乃有一种大者如李，其质味甘脆，与常见者绝不相同。但今岁亦叹所得绝少，或云深峦中有之，冬至后乃来。常恨余甘入口，苦涩难堪，久之乃得味，远不及橄榄。若此一种者，乃胜橄榄矣。《西域传》云：余甘二种，大者生青熟黄，小者终始青色。盖信然矣。庭坚顿首。

答王观复

承问所以尊名者，辄奉字曰"观复"。维亨嘉之会，草木亦乐其生；天地否塞，君子有失其所。故曰："天地变化，草木蕃；天地闭，贤人隐。"君子所以处穷通如寒暑者何哉？方万物芸芸之时，已观其复矣。比来尝苦心痛，略无三日不发时，故懒作文字，且寄奉字之意如此。

答王观复

顿首。某去国八年，重以得罪，来御魑魅。抱疾杜门，屏绝人事，虽邻州守官者，或不知姓字，如是者三年于兹矣。忽奉来教，乃承官守在阆中，虽寡友朋，藏修游泳，自放文字之间，此亦吏隐之嘉趣也。蒙不鄙昏耄，远寄述作，璆琳琅玕，森然在列，如行山阴道中，风光物采，来照映人，顾接不暇。后生可畏，反视老拙重迟，甚羞愧也。承索鄙文，岂复有此？顷或作乐府长短句，遇胜日，樽前使善音者试歌之，或可千里对面，故往手抄一卷。无缘会集，求琢磨之益，于不肖有所闻，不外教戒之。

又答王观复

　　顿首。承惠寄先公赞善诗稿，伏读增叹，虽相与昧平生，而风味可想见也。所欲跋尾，固不敢辞，然壅蔽昏塞，初不省先公世出名字，无从下笔。有铭碣之类，因来乞一通，他日当以佳纸，使诸生辈善书者写本跋尾去。儋耳道人佳句，固所愿见，手录寄示，剧知足下不同流俗，钦重钦重！长芦三偈，不愧古人之作者，此所以困穷流落者钦？凡足下所作文字诗句，皆有追风之逸气，于今良不易得。文章以理为主，而足下之文理亦胜，少加意经术，便为不朽之作。老大亦何冀，之子振颓纲，足下勉旃。春寒，良食自重。

与韩纯翁宣义书（二首）

某顿首。奉别久，未尝不怀仰。弃捐漂没，因循度日，故不能作书耳。忽辱手诲勤恳，感刻感刻！承作邑游刃有余，伏惟起居万福。子舍乃有佳士，沓拖不可耐，观其诗句，知其言行必超逸绝尘。衰老不进，殊觉后生过人，恨未识耳。正翁房诸子有可望者乎？郡守莹中及师川，皆天下士也，朝夕闻所未闻，何慰如之。会面未有期，千万珍重，谨勒手状。

二

某顿首。辱笺记，礼意甚勤。适以私忌饭僧，又不欲久留来使，故率尔奉手记。唯君子尽人之情，能察之耳。蜀中诸舍侄多相识，亦尝得书。叶中比来乃疏书问，亦以道远且不便邪！如子苍之诗，今不易得，要是读书数千卷，以忠义孝友为根本，更取六经之义味灌溉之耳。

与通判通直书（二首）

　　某启：雅闻豪士之风，恨未接款曲。今者放逐颠沛，不意乃有参对之幸。寒暄未节，不审即日尊候何如？伏惟监理镇静，蛮夏肃然，宴居闲安，百福所集。某行李中有贵州盐铺兵十余，及建始借白直数人，势须以烦使部，不审可得否？到城参候，更当咨禀。

二

某窜逐孤危之迹，情实可知。邂逅长者监郡，幸获参展。承高明特达，以场屋一日之分，顾盼存恤，恩意甚备，使旅况无琐琐之态，感服之情，未易言也。寒暖不常，不审尊候何如？伏惟监理豫暇，时能樽酒以对江山。代者未有车音否？某蒙资致行李之力，已及贬所。人事方匆匆，奉状不能万一。愿珍护眠食，以须宠禄。

答通判通直简（二首）

庭坚再拜。伏审经宿尊候万福，为慰。蒙赐教存问，仰荷眷恤不已。米面实以道中赉来未阙，故未往听于廪人耳。重烦遣至，愧悚愧悚！借差白直，谨承指谕。少顷请见，勒手状不能宣究。庭坚再拜上通判通直阁下。

二

庭坚再拜启：比自施州遣急足回，辄具公状道谴逐行李之详，并率易通简记，言小人之私，当已通彻听下。专人至，伏蒙赐书累纸。高明慈惠，忘流人之罪垢而恤其私，恩意千万，甚慰孤危之情，感服无以为喻。即日寒燠不节，不审尊候何如？伏惟监理豫暇，动静万福。庭坚区区，行李已及盐井，即获参候，预深欣慰。庭坚再拜上通判通直阁下。

与幕府书(二首)

　　某窜逐穷乡,惟恐荟蔚之不深,不复与人事。乃辱赐教累幅,存问勤恳,叙示先君畴昔举送之旧,岂胜感念!即日霜寒,不审尊候何如?幕府省文书,当有樽俎之乐。未缘会集,千万珍重。

二

　　某顿首。方欲遣记问秦瑜所附书信，忽奉来诲，喜承即日霜寒，王事不至劳勤，体力轻安。寄惠家庖所作酱，极济所乏。仍承诲谕，奉烦鄙事已措置有绪，感刻感刻。所示连蹇仕途，实深叹息。当路诸公颇求真材实廉之意，计不相遗。但弃捐漂没，不能致人轻重，亦不能率尔作书达人，惟因行李相见，或及人物，乃敢开道之耳。此意公所了了也。然成就自有时，马鸣而马应之，非智也。旦夕遣回黄甘者别上状。千万珍重。

与张道济帖（二首）

　　某顿首。谷旦辱惠顾，适有他客，不能延款，甚愧。天气和暖，伏想体力胜健。龙尾研、自作墨各一、宣笔四，漫助文房之用，轻浼轻浼。来早令三子就学，惟烦训励之以严，久之乃不费力。古者易子而教之，盖欲用威也。

二

　　今日幸阴凉，诸生事业皆办，谩携琴至草堂，亦佳，亦息焉游焉之义也。

与吕晋父帖（二首）

叩首。别后忽复春夏，哀苦穷窘，多病婴缠，日力不自给，久失修问，即日初暑，不审何如？伏惟平易之政，民有畏罪怀仁之心，讼庭寂然，县斋燕处，有以自娱。闻代者已在湖口，解印想必有期，遂有相远之叹，临书增怀。

二

比辱车骑临顾，恩意良厚。适到家日，苦宾客肴具菲薄，不足淹留君子，于今愧悚。比方扫除岩下草堂，日亲锄灌，林影水声，可以永日，恨公不能来尔。双井四瓶，皆今年极嫩者，又玉沙芽一斤，以调护白芽。然此品自佳气味，但未得过梅，香色味皆全尔。公著意兹，想不可欺也。

与敬叔通直^①

　　顿首。潜伏林泉之下，老懒日甚一日。又杜门不接人事，所以久不能作书。惟长者于某兄弟至厚，当能相忘。春气暄暖，即日起居如何？伏惟万福。承已外除，尚未报美除何地？黔州风俗淹陋，士人极不知学，每思荆州多士大夫，是乐国耳。承天金銮时有朋游会集否？天民两遣人到黔州送双井，但不知道出荆渚，长者犹在里中耳。江山悠远，临书增情。千万自重，须升擢，谨附承动静。某再拜。

---

① 此篇原又作《与柳毅升书》，恐有编系之误。

卷六·书信（二）

与大主簿三十三书^①

太守曹供备谱,济阳之侄;通判张牥,张景俭孙,公休之妻弟;皆贤雅,相顾如骨肉。

---

① 大主簿,黄朴,黄庭坚长兄黄大临之子。三十三,黄庭坚之女黄睦。

与翊道通判书(三首)

某再拜上:仲春尚暄,不审尊候何如?伏惟监理暇豫,寝膳宴安。山川表里,言论风旨,若可与闻,而囚拘有所,无阶瞻敬,惟有驰情。顷蒙赐书,存问勤笃,忘其在罪籍,而推与过情。弃捐漂没,当老于蛮夷中。幸瘴疠不甚疾人,养生之具不甚阙,便足了一生矣。多病早衰,头眩足弱,几绝人事,又林下水滨,习成懒放,以是久不能通记下执事。窃谓高明敦厚,何所不容,照其情实,知非简耳。黔中春寒异常,不知夔府亦见雪否?伏冀善自调护,以安百禄。谨勒手状。

二

　　某再拜。去岁所蒙乃公状，以闲居务省事，不欲数恳公家借书吏，以是久不能上答。窃惟高明所以见期，盖不在此苛礼，故辄阙焉。由流俗观之，不胜其罪也。顷蒙惠蜀糖，殊佳，山中既难得，又蔬食所须耳，感刻感刻！双井少许漫往，助胜日嘉客对江山。治之之法，茂宗当能道之。表弟周掾尝荷顾盼，不肖与受赐也。舍弟知命蒙存记甚厚，适以病目，方小愈，未能上状。

三

　　夔府故号为少事，又漕台所在，吏治有不安，易为谍禀。乔年大夫以宽厚治郡，而公以余闲纠摘吏曹之逋慢，伏想宴闲之日盖多，江山佳丽，从容尊俎之乐宜不乏。张茂年少解事，相得甚欢。闻上司又辟南浦尉张永弼作帐局，亦佳士也。同府多得佳士，亦可乐耳。

与李端中书（二首）

尊公修撰，不敢通书，恐罪人之垢玷污大旆之光辉。前日蒙赐酒肴，以尊者之赐，熟计念之，不敢辞，亦恐或累盛德，此后愿勿继也。悚惕悚惕！

二

昨蒙赐教勤恳，并贶建溪珍品，敬佩不忘之意。即日霜寒，不审尊候何如？伏惟忠厚乐易，风行草偃，尊俎笑谈，自得江山之助。承诲谕，欲求闲冷，何不自憙耶？督迫上供，处处如此。公方富于春秋，求闲恐不能无嫌也。未有瞻承之便，临书怀仰，伏祈为民自重，长使鳏寡得职。

与周元翁别纸

往在双井，所见黄龙心老，盖庄子所说伯昏瞀人之流。但年已七十四五，不复肯出矣。有清、新二禅师，是心之门人，道眼明彻，自淮以北，未见此人。今所与共居师范上座，是简州人沩山喆老门人也。其人闻道已久，多见前辈，道机纯熟，智虑深远，于士大夫中求之未易得，恨公未见此人耳。公纯一已久，正是学道人，愿少加意。此与漫学言句，穿得佛祖如贯珠，终何益哉！思公穷悴而守道不渝，此盖古人所难也。然已知求道于生死之际，则世累自已甚轻，但未直下拨尘见已耳。所寄绢轴，谩书此数种语，试观之何如？所云矢注目而不瞬，若视去如来，不当言动不动法，皆是磨灭败坏之相，故长者云："若不见法身本体，所以万行皆属人天果报有漏之因。"既尽心于此，不可不着些精神，打令彻底不疑，念念。但观不舍昼夜，岂更有一尘佛法可建立也！

摩围冬韵

与逢兴文判官帖（三十一首）

一

　　某顿首。某放逐弃捐，人不备数。顷闻君子来佐幕中之画，欲寓一书承动静，亦以所处蓬蒿岑蔚，不能自致。忽奉笺教之辱，非所敢当。窃审舟御在迩，遂有参承之幸，何慰如之！方听挐音，伏谒水次，谨奉状起居。五月二十一日，某再拜。

二

　　某隐约林泉之下，人事几绝，每作笺启，辄当烦公家借书吏。比来更欲省烦，遂不能作笺报人。窃惟公状之礼，文貌盛而忠信薄，故辄阙之。谨以手状承问，伏惟痛察。

三

　　某废弃明时，乃蒙加以笺教，见待以故时士大夫之意。已成田舍老翁，岂敢当此礼数？过当过当！即日溽暑，不审尊候何如？伏惟起居万福。轩盖何时入城，想瞻马首。谨勒手状。

四

　　某闲居，无佐书吏，不能作笺，亦欲缩手省事，不复借之公家。又惟公衔之礼，文貌盛而忠实阙焉，辄废此礼。惟君子能尽人之情，当不复以小谨见望。

五

　　顿首。黔江密迩施州，闻其民稍喜为田讼。然牛刀之余刃投之鸡肋，何足治哉！顾闲居少得游从耳。南老不臧否人物，吉德之君子也。时相与谈民间稼穑事，亦足乐也。比江南寄新茶来，味殊佳，恨未得同一烹。欲寄牙子去，恐邑中无善硙，不久硙成，来便寄上矣。

六

顿首。伏奉手诲勤恳，承按行诸寨，冲冒风雨，备尝险艰，因留摄领黔江。人安精敏之政，想至则卧阁观书耳。即日积雨开霁，人情舒泰，伏想起居轻安。方阻晤言，凭书增叹，思角黍之期，以日为岁。

七

顿首。黔江风俗虽陋，然鸡鱼雁鹜，亦足盘箸。粱米有黄白二种，不减北方，想亦可居，但难得面，亦想觉盘箸索漠耳。非久交印，想须到城中盘桓，幸承续余也。

八

顿首启。车马到城，元不得款语，行日蒙访别，不得追送。闲居林泉之上，有胜日，未尝不奉思也。伏承手诲，存问勤恳，并惠芝实，良荷不遗之意。雨后小凉，想邑中无事，居处安乐。何时东来，瞻迟马首。谨勒手状。

九

专人辱手诲，审起居万福为慰。承阁中亦尝失调护，喜遂康和也。贤郎痈肿已平未？亦是天气亢沴，故有热者先得之耳。若藏府秘滞，可用犀角丸与痈疏利。犀角丸只用炙甘草一两，生大黄一两，朴硝一两。先治甘草、大黄为细末，研朴硝相和，炼蜜丸如梧桐子。初可十丸、二十丸，渐加三十丸也。温熟水腹空时候服，得大府流利，则痈自衰杀。若头痛焮热，宜消风散。盖脓结不溃及恶肉不尽，可煎竹沥，下苏合香丸。如此治，无不差平矣。寄惠蜜及芡实，皆嘉惠也。闻公殊清贫。得无数为左右费邪？数舍阻面，惟有怀仰，千万珍重。

竹沥法用竹，此方人谓之斤竹者，三二寸者皆可。二尺许截断，中破之，以砖两口，相去一尺安定，铺破其上，如仰瓦状，两头各用碗盛，就竹下以茅火急烧，竹沥自流入碗中。候竹干，又换新竹。各得半碗许，新绢滤去火炖，可服两丸药矣。治痈疽、脚气，惟竹沥为上药也。适彭水令尉访及，乃云病痈者是二岁儿，则若不可用许多，斟酌极少与之，却可多与乳母服。

十

顿首。多日不果修问，天气差凉，伏想邑庭虚静，颇得安闲之乐。今日见公移，承以疾在告，不审无他否？谨承动静。

十一

顿首启。伏奉手诲勤恳，审邑事不至烦劳，起居轻安为慰。高使君想到城即交印，冀朝夕得奉绪余。谨奉手状。

十二

顿首。奉别忽十余日，怀仰无量。即日霜寒，不审体力何如？寄惠棒椎，极济所乏，感刻感刻！贰车受命已累日，云过兴龙即行，计车马必到城，与韩、赵同行也。见南老，为致意。

十三

顿首。昨日奉书草草，当已彻呈。伏辱手诲，审履长纳庆、尊候轻安为慰。旦夕参谒，谨奉手状。某再拜。荆团糖缠俱少，盖知命处之失宜耳。送寄麦状，极荷分汤饼之忧。

十四

兴文：未及别启，辄附此承动静。送荆公诗编已收。雨雪中度瘦驴涉岭良不易，想到县少休息，民事不至雍阏，时得观书把酒也。且切戒南老少饮为佳。少女、老翁苦乐不同，不如拥衿独卧，自保白头安乐，饱饭煎茶，婆娑永日也。张波若笑此为痴语，但恐黠儿口偏耳。聊寄此，如三人相对一笑也。

十五

顿首。辱书勤恳，审履春多庆为慰。蝎已领，极荷留意。承行李已发黔江，道途泥滑，良不易。闻今日当到城，瞻对有期，欣慰无量。谨勒手状。初九日，某顿首。

十六

顿首启。伏承手诲，审车马以施州之役，因邑事暂过家，又得少亲余论为慰。盛暑在道，伏惟冲冒劳勤，谨承动静。

十七

奉手诲，喜承经宿起居轻安。乐府辄改定数字，遣上。

十八

天气稍寒，今日遂成行否？已具饭，幸早命驾。向文字草，且检示，他日或要，却送。

十九

顿首。黔江之政，尽无间言，盖愿申之以不倦耳。夫子庙已成就不？传看邸报，大府之常事诸人，但不甚更练，故畏缩手耳。瓦子谢垂意，顾以鄙事恩长者为愧。麈尾亦谩及之，或得亦不须，宅中时来须药。闻郎君甚清胜也。王忠州闻江津之祸，酷极忧悴，殊可念。

二十

　　顿首。经宿，不审台候何如？承趋装有日，即今可过此共不托一杯否？想数日在告，事务略已集，临行亦无他干矣。

廿一

　　顿首。还家想亦少得休息，莫有怀不满意者否？今日烧沐，可来濯去故年钝闷尘垢，因共一杯野菜糟姜饭也。

廿二

顿首启。轩车自黔江回，首辱惠顾，仰愧不弃之情。抱病杜门，不能修谒，既荷相照，故不复多道谢耳。雪寒，累日不审起居何如？比遂不寻夜过地炉之约，岂亦乍到，文墨未就绪，又贰车走马相及，故倥偬邪？谨启，承动静。寓舍中或阙器用，不外示谕。

廿三

　　顿首。累日疲于尊俎，良不易。使客去，想复料理簿书，摘发逋滞，亦未即得暇耳。伏承手诲，喜体力轻安。南老须茶，因人当送。向闻比颇耽酒，不解茶，故不再送耳。

廿四

顿首。累日不果承动静，惟有怀仰。辱手诲，审尊候轻安为慰。过此闲谈，舍弟又远出，幸同过永日耳。早来闻说食豉中阙酱，偶忠州致数器来，遂有余，今往一器，非公厨酱之比也，呵呵。

廿五

经宿，伏想起居轻安。今年进奏吏遂不以历日见及，恐有分诸吏者，可买一本耳。

廿六

历日已领，重烦惠教，悚仄悚仄！得暇复过此烹茶否？

廿七

顿首启。奉手诲，宿昔起居轻安为慰。分惠洪杜新芽，感刻感刻！许垂顾，谨拂榻奉俟。

廿八

再拜。比蒙赐书，并送蜜，极荷勤恳。方欲求便上状，昨日又辱手诲，并送二灯檠。细事恩烦，承不厌致，感愧感愧！轩盖今日当到城，何慰如之？谨奉手状，马山铺迎候前驺。

廿九

顿首。奉手笔，审经宿安胜为慰。惠酒极副用，得无以乏事，聊分节物，感刻感刻！许晚刻见过，谨当具粱饭寒浆。

三十

顿首启。早承访别，又未有朝夕望颜色之幸，良耿耿。晚刻，不审体力何如？竹枝本纳上。来日绝早成行，过此共馔饭一瓯乃行，不迟也。

三十一

庭坚顿首。伏奉手诲，审涉冬安胜为慰。令子想必已安和，常须与竹沥吃，乃能去痈疽根本耳。寄惠栗，极助斋厨所乏，感刻感刻！糟姜一瓶漫往，恐是彼所难得，可同张老对饭黄粱也。冷金二轴极不堪，是公库买者，差胜黔中臭米纸耳，小儿学书或须也。渐寒，可团炉夜语，殊恨公未得归尔。适作书冗，奉状草率，千万珍重。初八日，庭坚再拜上兴文判官执事。

与胡秀才书次仲

庭坚顿首。往辱先公游致不疏，今观吾子问学，自将出入乡党，有老成忠厚之气，开慰不可言也。屡屈轩盖，迫留日浅，不能一诣斋阁，负负曷已。所须诗录上，又以二小诗答贶，愧不工耳。少年恨太轻俊，老人恨太重迟，不鞭其后，此张军之敝也。愿加意以立门地。

与秦世章文思（三首）

一

舍弟叔达将其仲子及所生，并护儿子相及其乳母，附苏伯固宣德船，自芜湖登舟，不得道中一字。然计亦无它，止是年少忽世间事耳。范上座奇士也，长沙释子辈多不解其所知，唯不肖乃深知之矣。九月初已得荆南关牒，僧师范判凭入黔州，然至今未到，切料渠多病，亦不甚远行，处处僦人肩舆，故邅回耳。某黔中尚未有生计，方从向圣与乞得开元寺上园地，高下两段，既募两户蔬圃矣。年岁间亦须置二三百房钱，贵悠久不陷没耳。每烦开谕千万，极荷恩勤，然平生未尝作市井商贩事，又未至寒饥，遂且过岁月尔。富人设见助，亦不欲受之，古人所谓"予惟不食嗟来之食，以至于斯"，伏想深见察也。

令嗣云到涪数日，即治装向侍傍。适有宾客会食，作书草草，幸照察。舍弟在涪州已数月，比欲归，适秋雨江涨，未能来，计十月可到此。小儿稍能诵书，性质颇朴懋。亦买得园地，它日令就黔州应举，为乡人矣。承垂意翰墨，已刻法帖后记，摹刻甚工，但不知法帖石几时得到黔中耳。《华严合论》承已干置，此非小缘，印成，请三两看经僧遍读，点捡得业无重复脱漏，则方为成器。若早得来尤幸，不肖与范上人若为公看数遍，可不孤法施之心也。所助修华严阁五十千则未须，且留与黔中诸人结缘也。向解元还盐井已数月，亦以渠老亲多服药。然数通书，每承问遗之勤，顾未有佳物为报，所谓"子女玉帛，则君有之"，"其波及晋国者，君之余也"。

三

比舍弟知命携小子相、小侄栖，并两儿母到黔中，独处客舍一年，得骨肉在眼前，少慰岑寂。又女子已嫁，诸兄弟侄各赴官，可以忘念。承存问曲折，故及之。十六舍弟在麻阳，必时得参谒。渠极老成，干公家，如蒙顾盼，感刻感刻！道林琳公相见否？与有十年之旧，因见为致意也。今岁秋暑异常，不雨欲一月，草木皆有焦色，父老亦云，久无此旱矣。然江水时浊涨，计思、费、夷、播间亦得雨耳。

答京南君瑞运勾（二首）

　　顷者某窜逐奔迸，就亲友沐浴补绽于荆，以罪人在途，不敢请谒。乃两屈车马，恩意敦厚，劝戒以防患洗心。平生未尝得侍，而情如骨肉，它日深念之，何以得此于左右？岂君子之于人，望其表而识其里，真以为可教邪？切佩服苦口之规，于今不忘。日者又蒙赐教，长笺累幅，且名以师保，内讼缺然，尤不敢当。多病昏塞，眼前记一忘十，以是不通书于几下，又阅岁矣。伏惟君子尽人之情，知四罪之地，无嫚人之嫌。谨附承动静，且谢不敏。

二

顿首。荆州士大夫之渊薮，想多得佳士与游，诸令弟讲学有日新之功。边鄙肃清，外台宴安，伏惟簿领不至劳勤，扬清浊，于使者日有裨益。某待罪于此，谢病杜门，粗营数口衣食，使不至寒饥，买地畦菜，已为黔中老农矣。闲居不欲数与公家相关，故不复借书吏作笺记，但以手书上答，不审能照察此情否？悚仄悚仄！

彭水县城全景

与人书简(四首)

　　顿首。久别，得解后款语，欣慰无量。切观道学沈深，文章尔雅，但敛衽叹耳。沙头之别，已复深夏，怀想何日不勤？金銮刘居士，数得相见否？林下之友，近复得谁？此道极难得龙象彻底之见，今时例皆如此。若欲知曹溪正宗，四棱着地，平常稳实，惟有余洪范得之，下人不精，不得其真。愿少留意新诗，想复多得佳句。何时一握手？临书增怀，千万为道自重。

二

顿首。别来忽复三年，每与范道人叹仰学问才德之美，恨水边林下，独不得公耳。《诗》云"如金如锡，如圭如璧"，"如切如磋，如琢如磨"，常窃观公所由所安，不愧此诗也。但不知别后能数从余洪范研究新罗不了公案否？世间万事日进，则崇成于功名之会，惟此事日退，乃安乐尔。所惠诗极见为学日益之功，钦叹钦叹！范道人言公须鄙诗，前年冬偶写得两卷，谩往。虽此物辈，要须得无功之功，乃得妙耳。太平阙在几时？久不得来音，意已赴任，此书或不相及，托元叔求便附达尔。江山数千里，临书驰情，愿坐进此道，则常相见。

三

顿承惠香，极清淡可喜，每与范道人同之耳。比来绝无香材，时时焚降真。甲煎浅俗，零霍虚躁，非主人深静，不能调制此物耳。闻元叔苦疮疡，遂平复否？焚香何不见寄？如王所献天女，惟我能受，可以与我，呵呵！

四

熟观《新罗后录》，乃知此老人跳出青州老人《华严》可漏子，甚不易得，惜乎不见南方二三尊宿耳。寻作得序子，亦念与范公，因循不曾录出，遂复忘却。两庄客既淹留余月，忽煎迫行，朝夕如不可过，又适病眼，故未能追录，因书当寄太平耳。

答从圣使君(二首)

数年来绝不作文字，犹时时作小记序及墓刻耳。近作《王全州祠堂记》，非久录上。至于诗不作，已是元祐五年中也。伏承问斯民之丰乐，颇与僚佐吟醉泉石间，钦仰风流，恨不得追陪耳。有数篇乐府，谩录呈，新旧相半。彼营妓有可使歌者乎？此乃有三二人亦可教，但病懒，又不饮。亦少味耳。

二

此邦茶乃可饮，但去城或数日，土人不善制度，焙多带烟耳，不然亦殊佳。今往黔州都濡月兔两饼，施州八香六饼，试将焙煿尝。都濡在刘氏时贡炮也，味殊厚，恨此方难得真好事者耳。

与周达夫(三首)

顿首。顷见范道人称说宴居深静、参禅问道之意，恨未相识。元叔家庄夫来，蒙惠教勤笃。审在喧常寂，即事契理，得清闲气味甚深，良慰怀想。闻元老亲到黄龙庵头，入室脱颖，打却旧来杜撰禅，深为之喜。此贤用心坚密，亦料渠当究竟此事，犹恨未遂往宣城耳。若得见泐潭文公、云岩新公、西堂清公，百炼椎下锻，方得与古人同一甲尔。范公于此相从十八月，不知岁月之过也，以受业师死而归。闻嘉州凌云有疏勤请，若被煎迫，往往复游此来也。田端彦今在荆州否? 无缘会集，临书增叹。千万为道珍重，深味禅悦，便求无功之功。观元老昔何以不足，今何以足，若醒去，不浪施功矣。

二

　　顿首。葛亮来，蒙书勤恳，感慰无量。但闻元叔之讣，令人嗟惜，久不能平。乡里故旧门，如元叔之好事特达，不可得也。所示行状，情味曲折，谨掇其大者作铭，又载其余于祭文，不审如此可中外亲党意否？元老胸中落落，既深涉世道，业当自进耳。端彦高人，每想其风采，恨未识也。李家太君怀长子之悲，不易处情，想仲良、季康必能念亡拊存，极甘旨之奉。无缘会集，临纸怅仰，千万珍重。

三

　　顿首。辱书，审道心坚固，气力安乐，良慰怀仰。承去岁失内助，于世法中，何可堪忍！然苦海中终无了期，想不忘范公之言，更加精进。元老闻已解官，何时可到家，得近音否？未缘款曲，钦想无量。数日热，珍重。

答雍熙光禅师

　　顿首。某弃捐漂没，不当行李，林下水滨时，顾影一笑耳。二年得范道人于此，日闻所不闻，不知老之将至。范公归简池已数月，初不闻人道般若名字，忽得王老持所惠书来，隋侯之珠，和氏之璧，灿然满前，不独蓬蘽柱宇，鼪鼬同径，而闻足音跫然之乐也。两州佛法淡薄，王老道公动静甚详，又知东川主人是内外护喜无量。真净老师吹无孔笛于庐峰之下，四年未有和者，然每得安健之音为慰。余事王老能尽道，不复云。千万珍重。

与曹使君伯达谱（四首）

再拜。经宿，伏惟起居胜常。洒扫江阁，以须长者常许辱临。食罢睡起，幸命驾来尝壑源一杯，敬听车音。

二

拜手。虚屈干旄，来顾幽谷，盘箸疏索，于今为愧，乃蒙简毕道谢，益增愧赧。喜承尊候日来轻安。饭后诣舟次，谢不敏。

三

再拜启。伏承手诲，分惠荔子，色香动人眼鼻，诚与山烟溪露俱来，乃知夔峡荔支已胜岭南。珍重眷与之意，无以为喻。

四

拜手。承连日在告，不审尊候无他否？夏至前阴气争，君子节嗜欲、定心气之时，愿加调护，以受中和之气。前日见，甚欲分茶盏。此一只乃紫毛琴光，琴光则宜茶也，就日中见紫毛。已有金作扣，且纳上。

与达监院(二首)

顿首。昨觉海和尚化缘尽时,意谓必得相见。既而到正月寂然,亦想在远方山林中,不即知耳。去年得圆公书,乃知淹屈助华严。此寺虽密迩帝城,而车马罕到,若完容得,亦是道人萧散处,但不知众缘合否尔。春暖,即日佛事不易,因王慧先回,附承动静。

二

当日不肖初被谪命,万里茫然人,不知黔州在何处。问王慧先,欣然便肯送行,意常念念。留此苦口教诲,不甚向前学佛事,但写得字差净洁,院门或可作供申耳。当时亦洞山邦老、香严敷老诸人,怜其能远来,他日欲助渠僧缘,试更鞭辟,或可作出家人,亦可助其初时一念尔。某顿首。

与泸州少府

　　顿首。放逐之余，多病早衰，久在林麓，不复能衣冠，遂废人事。过辱不遗，左顾舟次，衰疾不胜烦暑，出卧火云，不获迎展，坠留珍刺，伏观悚仄。无缘瞻望风彩，但引领耳。谨勒手状道谢，不能万一。某顿首。

与成之秘校(三首)

庭坚顿首。两三（日）望车来临，何其寂寂耶？雨作，遂至极凉，伏想安胜。欲烦指挥寻雇两夫能负担者往融州，因送王公济去，便得之乃佳，去亦不留滞也。庭坚顿首成之秘校。

二

庭坚顿首。承惠双梨，魁梧长者，感刻感刻！笔三双分上，不知可手否。金波一器纳上。何必言贷，但为籴得白米，则是惠矣。庭坚顿首成之秘书。

三

庭坚顿首。辱手诲，喜承体力胜健。所雇人甚醇实可喜，但公济来云，却已雇得两融人，又得高左藏一人来，今遣回，甚愧空劳烦也。籴粟米少加意。庭坚顿首成之秘校。

与君孚知府帖

　　庭坚再拜启。沙夏来，黔中大暑，几不可堪。又得骨肉到眼前，跛跛挈挈，但用过日，以是久不通书左右。即日秋热未艾，不审台候何如？伏惟怀道宴安，闭阁清静，而鳏寡得其理，神明所相，寝膳安宜。庭坚待罪黔中逾一年，与此方人物皆相安，亦粗治生理，可衣食十口矣。弟侄辈到此，百用具足也。初到绝无书册，今又稍稍集矣，亦是于此故纸夙有业缘尔，呵呵。惟是无阶修敬，不胜驰情，谨附承动静。七月二十三日，庭坚再拜启君孚知府舍人阁下。

觉民读书帖

觉民弟：得书，知侍奉叔婶，恭勤子职，同新妇、二郎、五郎、八郎、九郎、八娘安胜，甚慰远思。审不利秋官，得失盖有奇偶，但要偷闲不忘学耳。惟此一事，身当润泽，又为子孙之基，不可不勉也。读书要不杂，每一书自初至终，日读得一板，岁计之亦功多。杂读虽多，终无功也。汉儒多白首专一经，皆成大儒，盖书在精不在多也。念二弟所要文字及诗，已具报之。二郎开岁已十四，想已学作文字，陈隐夫必能纠率诸儿读书，闲时更自为讲解为佳。诸甥皆有性格，谁最精慧？因读报及。双连之庆，计当在房下，要早教道，以成天予之美。南北阻远，未有会集期，但怀想，千万加爱。不具。兄庭坚寄。睦、相并附起居。

与王充书

　　南充王子美，其质粹温，久与之游，见其循理而不竞，诚心而不疑。

附 录

黄庭坚在黔州

◎蔡盛炽

　　黄庭坚（1045—1105），北宋著名诗人、书法家，字鲁直，自号山谷道人、涪翁、涪皤、黔安居士、摩围老人，洪州分宁（今江西省修水县）人。幼颖悟，过目不忘。七岁作《牧童诗》云："骑牛远远过前村，吹笛风斜隔垅闻。多少长安名利客，机关用尽不如君。"苏轼见其诗文，称之为"超轶绝尘，独立万世之表"，由此声名大振。治平四年（1067）中进士，先后为叶县尉、太和知县。元祐元年（1086）为校书郎，后为《神宗实录》检讨官，后迁著作佐郎。他与张耒、晁补之、秦观，并游苏轼门下，被称为"苏门四学士"。其诗得法于杜甫，在宋代影响颇大，与苏轼齐名，世称"苏黄"，开创了"江西诗派"。又擅书法，

长行书、草书，自成一家，与苏轼、米芾、蔡襄合称
"宋四家"。

绍圣元年（1094）十二月，他被章惇、蔡卞及其
党羽诬为"修《神宗实录》不实"，次年（1095）正
月，被贬为"涪州别驾，黔州安置"，即与其兄元明出
尉氏、许昌，由汉沔（即汉水），趋江陵（今湖北江
陵），上夔峡，三月至下牢关（今巫山县境，三游洞上
游），过鬼门关（即崆岭峡，清人洪良品著《巴船纪
程》记此滩之险，并引民谚云："泄滩新滩不是滩，崆
岭才是鬼门关。"宋人任渊《山谷诗集注》卷十二
《竹枝词二首》注云"鬼门关在峡州路"，当指此），
攀一百八盘（即巫山县城隔江的南陵山，陆游《入蜀
记》说，此山"极高大，有路如线，盘屈至绝顶，谓
之一百八盘"，盖施州（今恩施）正路。黄鲁直诗云：
"一百八盘携手上，至今归梦绕羊肠。"即谓此也），
经施州驴瘦岭（今恩施城西二里）、黔江，涉四十八渡
（今黔江栅山河），经蛇倒退（今黔江白合乡蛇道村
内），过玉山（今郁山），经歌罗驿（在今南望山下，

郁江边），四月二十三日到黔州，寓居黔州开元寺摩围阁。

黔州、黔南，即今彭水。唐设黔中道于此，故又名黔中，为少数民族聚居地。黔州开元寺，在今彭水县城乌江东岸县委驻地附近。黄庭坚在此住了三年。他来黔州时，已五十一岁，患有脚气病，行走不便，须扶杖而行。他在《答唐道彦书》中说"某既患脚气，不便拜趋"。

他在彭水，作诗词近百首，书信百余件。他把艺术家的眼光，史学家的头脑，道家的超脱，全部蕴藏在这些不加标点的文字里，为我们储存了宝贵的文化信息。

行路难　"撑崖挂谷蝮蛇愁，入箐攀天猿掉头。鬼门关外莫言远，五十三驿是皇州。""浮云一百八盘萦，落日四十八渡明。鬼门关外莫言远，四海一家皆弟兄。"（《竹枝词》二首）；"竹竿坡面蛇倒退，摩围山腰胡孙愁。""命轻人鲊瓮头船，日瘦鬼门关外天。北人堕泪南人笑，青壁无梯闻杜鹃。"（《梦李白》）；

"尺五攀天天惨颜，盐烟溪瘴锁诸蛮。平生梦亦未尝处，闻有鸦飞不到山。"（《题哥罗驿》）

物产 "鸡鱼雁鹜亦足盘箸，粟米有黄白二种，不减北方"（《与逢兴文判官书》）。

"黔人多掘苦笋（即苦竹笋，笔者按），萌于土中才一寸许，味如蜜蔗"（《书自作〈苦笋赋〉后》）；"南园苦笋味胜肉，箨龙称冤莫采录。烦君致使苍玉束，明日风雨皆成竹"（《从黄斌老乞苦笋》）。

"余甘（橄榄）乃有一种大者如李，其质味甘脆，与常见者不类，或云蛮中有之"（《与人书》）；"昨日市中已见腊梅开者数枝矣……比来绝无香材，时时焚降真香"（《与人书》）；"知命在黔江得一画眉，云颇能作杜鹃语，故携来，置之摩围阁下，时时作百虫声"（《书画眉》）。

他外号"茶客"，对黔州的茶，情有独钟。"此邦茶乃可饮，但去城或数日，土人不善制度，焙多带烟耳。不然亦殊佳。今往黔州都濡月兔两饼。……都濡在刘氏时贡炮也，味殊厚。"（《答从圣使君书》）；"施

（州）黔（州）研膏茶亦可饮，漫呈数种幸碾试，垂询如何"，"砲（磨碎，笔者按）之法，皆择去茶花及小黄叶，以微润布巾掭去白毛，略焙之乃砲，其出砲如面如雪乃佳耳"（《答泸州安抚王补之书》）。他还写了关于茶的词：《踏莎行》："画鼓催春，蛮歌走饷，雨前一焙争春长。低株摘尽到高株，株株别是闽溪样。

碾破春风，香凝午帐，银瓶雪滚翻成浪。今宵无睡酒醒时，摩围影在秋江上。"摩围，即摩围山，在彭水县城乌江西岸，僚人呼天为围，即高可摩天之意。《阮郎归》："黔中桃李可寻芳，摘茶人自忙。月团犀胯（一作胜）斗圆方，研膏入焙香。　青箬裹，绛纱囊，品高闻外江。酒阑传椀舞红裳，都濡春味长。"都濡，宋时黔州所辖县名，地跨今彭水西南部和贵州务川北部。不仅写了茶叶的采摘、制法，还写了茶叶的包装和销售情况。

煮盐　题歌罗驿竹枝词中有"盐烟溪瘴锁诸蛮"句。歌罗指今之南望山；歌罗驿，当在南望山下。盐烟，当指郁山煮盐的烟。

农业生产 "苦雨初入梅，瘴云稍含毒。泥秧水畦稻，灰种畲田粟"（《谪居黔南十首》）。黔州除开畲田种粟外，还用育秧栽插法种水稻。

森林 当时的黔州，辖境面积约一万平方公里，按当时的户数计算，平均每 3.20 平方公里才一户居民，森林面积极大，野生动物亦多。"梗楠豫章，千尺之材，倒卧涧壑，与岁月共尽" （《与张叔和通判书》）；"市麝脐以百计，市蜂腊以千计"（《黔江县题名记》）森林茂密，产麝的獐子多，蜂群更多。

教育 "小儿稍能诵书，性质颇朴懿……它日令就黔州应举"（《与秦世章文思书五》之四）。

音乐舞蹈 "郡阁宴闲时与僚佐歌舞，以谢江山……此邦乐籍似皆胜渝泸，微有成都之风也"（《与人书》）；"顷或作乐府长短句，遇胜日，樽前使善音者试歌之"（《答王观复书》）。在《木兰花令》中，有"竹枝歌好移船就""一曲琵琶千万寿"句；《鼓笛慢》中，有"遍舞摩围，递歌彭水"句；《醉蓬莱》中，有"荔颊红深，麝脐香满，醉舞裀歌袂"句；《减字木兰花》中，有"笛在层楼，声彻摩围顶上头""何处歌楼，贪看冰轮不转头"句；《忆帝京》中，有"寿斝舞红裳"句……反映了当时彭水音乐舞蹈之盛况，甚至还有歌楼等建筑。不只有民间的《竹枝词》，而且有较为高雅的作品。

士女生活 《木兰花令》："黔中士女游晴昼，花信轻寒罗袖透。争寻穿石道宜男，更买江鱼双贯柳。

竹枝歌好移船就，依倚风光垂翠袖。满倾芦酒指摩围，相守与郎如许寿。"

《画堂春》："摩围小隐枕蛮江，蛛网闲锁晴窗。水风山影上修廊，不到晚来凉。　　相伴蝶穿花径，独飞鸥舞溪光。不因送客下绳床，添火炷炉香。"

政绩 他对黔州官员们的政绩，有好的印象。"窃观镇静足以安彝僚，清节足以服吏民"（《与人书》）；"承治县政成，夷夏信服，斋阁暇豫，何慰如之"（《答黔州彭水令田师闵书》）；"樽俎折冲，蛮夷安业，百福所会""窃惟投壶雅歌，夷夏妥贴，斋中时有宴会"（《与泸州安抚王补之书》）。

建筑 "比施、夔间，却多瓦屋"（《与张叔和通判》）。黔州的瓦屋，比施州（今恩施）和夔州（今奉节）都多。

谪居生活

居住 在《与唐道彦书》中说"到黔中来，得破寺堧地，自经营，筑室以居，岁余拮据，乃蔽风雨"；《答泸州安抚王补之书》说"某比茸江滨一舍，粗可御寒暑"。《定风波》云："万里黔中一漏天，屋居终日似乘船。及至重阳天也霁，催醉，鬼门关近蜀江前。"

躬耕 "某已成老农，畦种摩围之下，粗给衣食"（《与泸州安抚王补之书》）；"粗营数口衣食，使不致饥寒。买地畦菜，已为黔中老农矣"（《答京南君瑞运勾》）；"屏弃不毛之乡以御魑魅，耳目昏塞，旧学废忘，直是黔中一老农耳"（《与太虚》）。他是以涪州别驾的身份，被安置在黔州的。俸禄已从三十二千文降到七千文，只能靠自己耕种，才能"粗给衣食"。

讲学 《答李材书》说"某杜门终岁，益觉清净，时苦门生抱经来咨问，尚俗气未除耳"，因为他是当代的名人，黔州许多学子，拿着书来向他求教。这个"苦"字，是正话反说，实际上他向学子们传道授业，自得其乐。"遇风日晴暖，从门生、儿侄，扶杖逍遥林麓水泉之间。"

为刘瑜寻偶 玉山有一位叫刘瑜的"从学举子"，是他的得意门生，"在乡里难得婚对"他便给在泸南的宋子茂写信，请宋为刘寻访江安屈伸的妹妹，并说："刘君决可依者也。"他的门生较多，连玉山的刘瑜都来了。

别兄 山谷书《萍乡县厅壁》说："初，元明（黄庭坚兄）……送余安置于摩围山之下，淹留数月不忍别，士大夫共慰勉之，乃肯行。掩泪握手为万里无相见期之别。"诗云："万里相看忘逆旅，三声清泪落离觞，朝云往日攀天梦，夜雨何时对榻凉。急雪鹡鸰相并影，惊风鸿雁不成行。归舟天际常回首，从此频书慰断肠。"

治脚气 "竹沥法用竹，此方人谓之斥竹者，三二寸皆可。二尺许截断，中破之，以砖两口，相去一尺安定，铺破其上，如仰瓦状，两头各用碗盛，就竹下以茅火急烧，竹沥自流入碗中。候竹干，又换新竹。各得半碗许，新绢滤去火焰（余烬），可服两丸药矣。治痈疽、脚气，惟竹沥为上药也。"（《与逢兴文判官帖》）

叹老　"老色日上面，欢惊日去心。今既不如昔，后当不如今。"（《谪居黔南十首》）

思乡　《谪居黔南十首》中，有"相望六千里，天地隔江山。十书九不到，何用一开颜"；"冷淡病心情，暄和好时节。故园音信断，远郡亲宾绝"；"唧唧雀引雏，梢梢笋成竹。时物感人情，忆我故乡曲"；"病人多梦医，囚人多梦赦。如何春来梦，合眼在乡社"。

闲适　也有闲适的时候，《竹窗诗》云："轻纱一幅巾，小簟六尺床。无客尽日静，有风终夜凉。"

与官员交往　黄庭坚初到黔州，太守曹谱（伯达）、通判张茂宗及"官于黔中，时山谷迁谪与之游"

的杨皓（明叔）等人，有诗作唱和。《送曹黔南口号》云："摩围山色醉今朝，试问归程指斗杓。荔子阴成棠棣爱，竹枝歌是去思谣。阳关一曲悲红袖，巫峡千波怨画桡。归去天心承雨露，双鱼来报旧宾僚。"《与黔倅张茂宗》诗云："静居门巷似乌衣，文采风流众所归。别乘来同二千石，化民曾寄十三徽。寒香亭下方遗爱，吏隐堂中已息机。暂与计司参婉画，百城官吏借光辉。"

《次韵杨明叔四首》云："鱼来游濠上，鸦来止坐隅。吉凶唯我在，忧乐与生俱。决定不是物，方名大丈夫。今观由也果，老子欲乘桴。道常无一物，学要反三隅。喜与嗔同本，嗔时喜自俱。心随物作宰，人为我非夫。利用兼精义，还成到岸桴。全德备万物，大方无四隅。身随腐草化，名与太山俱。道学归吾子，言诗起老夫。无为蹈东海，留作济川桴。匹士能光国，三屦不满隅。窃观今日事，君与古人俱。气类莺求友，精诚石望夫。雷门震惊手，待汝一援桴。"《再次韵》云："穷奇投有北，鸿鹄止丘隅。我已魑魅御，君方燕雀俱。道应无芥蒂，学要尽工夫。莫斩猿狙杙，明堂待栋桴。"这些充满道家思想的诗作，反映出他在黔州时对道教有所涉猎。他在《答雍熙光禅师书》中说"二年得范道人于此，日闻所不闻，不知老之将至"。

贾使君　《山谷诗集注》说：贾使君，"盖与伯达为代者"。《赠黔南贾使君》云："绿发将军领百蛮，横戈得句一开颜。少年圮下传书客，老去崆峒问道山。春入莺花空自笑，秋成梨枣为谁攀。何时定作风光主，待得征西鼓吹还。"

书法　在彭水期间，他的书法，更加炉火纯青了。他在《书自作草后》说"余寓居开元寺之怡偲堂，坐见江山，每于此中作草，似得江山之助"。所作书法计有：《十劝七佛偈遗李夫人》《家问帖》《三游洞题字》《秋浦歌》《跋所书〈戏答陈舆诗〉》《书乐天忠州诗遗王圣徒》《大雅堂记》《汉人得道阴长生诗》《曹植诗帖》（见水赉佑《黄庭坚年表》，载《书法》1994 年二期）《观江涨》"涪翁晚策杖，坐此观江涨，雨余天欲凉"等。

书法刻石

《飞来峰》 （见郭麐《驿亭碑序》及《蜀中名胜记·重庆府·彭水县》，但至今未发现）。

《会于石间题刻》 "杨皓明叔任刊子修自城西来会于石间涪翁题"，原在今文化馆后一岩屼里。"文化大革命"中，修招待所及广播局时遗失（或砌入坎子中了。重庆博物馆有拓片）。

《绿阴轩》 他在《书自草〈秋浦歌〉后》说"绍圣三年（1096 年，即黄庭坚谪黔的第二年）五月乙未（初六），新开小轩，闻幽鸟相语，殊乐……时小雨清润……"新开小轩，当指绿阴轩。据考，唐代诗人杜牧（803—约 852）作宣城幕僚（一般公务人员）时，在湖州与一年约十岁的女子相约，十年后必与之成婚。14 年后，杜牧作湖州刺史，女已嫁，生二子，因作《怅诗》云："自恨寻芳去校迟，不须惆怅怨芳时。狂风吹尽深红色，绿叶成阴子满枝。"此时，正值轩旁古榕结子满枝，又得悉弟媳生子，已到涪州（涪陵），他心情舒畅，因而题名"绿阴轩"。此字刻在绿阴轩南石壁上，今存。

黄庭坚黔州诗文集

251

为秦世章陈列《宝月字帖》题跋 他还关心黔州人的书法活动，曾为秦世章陈列宝月字帖写了《跋秦氏所置法帖》："黔人秦子明，魁梧，喜攻伐，其自许不肯出赵国珍下，不可谓黔中无奇士也。子明常以里中儿不能书为病，其将兵于长沙也，买石摹刻长沙僧宝月古法帖十卷，谋船载入黔中，壁之黔江之绍圣院，将以惊动里中子弟耳目：它日有以书显者，盖自我发之。予观子明欲变里中之俗，其意甚美……子明名世章，今为左藏库副使、东南第八将，绍圣院者，子明以军功得请于朝，为阵亡战士追福所作佛祠也。"

题画 他为书法家、诗人，对画亦颇有鉴赏力。《次韵黄斌老所画横竹》云："酒浇胸次不能平，吐出苍竹岁峥嵘。卧龙偃蹇雷不惊，公与此君俱忘形。晴窗影落石泓处，松煤浅染饱霜兔。中安三石使屈蟠，亦恐形全便飞去。"《戏咏子舟画两竹两鹡鸰》云："风晴日暖摇双竹，竹间相语两鹡鸰。鹡鸰之肉不可肴，人生不材果为福。子舟之笔利如锥，千变万化皆天机。未知笔下鹡鸰语，何似梦中蝴蝶飞。"

元符元年（1098）黄庭坚因避外兄张向之嫌，改戎州（今宜宾）安置，三月初乘船离开彭水。黄庭坚在黔州播下的文化种子，从此发芽、长叶、开花、结果：三十多年后，彭水人窦敫中了进士，接着中进士的有文涣、冯章、魏汝功、项德等，魏汝功和项德也是诗人……元、明、清以来，黔州文风蔚起。直到近九百多年后的今天，不少文人还在崇拜他，研究他，学习他，他不愧是黔州文化的启蒙者、奠基人。

（2004 年 3 月 22 日初稿，2015 年 10 月 24 日修改、补充于彭水城北独秀峰下醉山楼之读山书屋）